洪荒三疊

柯裕棻

目次

序　真實的代換式　007

輯一　家常事
荒蕪之歌　014
打掃　020
金棉襖　024
父親與狗　028
白狗與白貓　034
木瓜樹的小院　040
老屋子　044
關於雞的回憶　050

爺爺房裡的鐘 054
藤蔓 060
街巷之貓 066
柴房頂的貓 072

輯二 城裡人

煙火 078
晚春食事 082
鹹酥雞 088
七月午 092
城裡的狗 096
清晨 100

輯三　歲時記

秋風（秋分）106
冬雨（立冬）110
寒流（冬至）114
過年（春節）118
上香（正月）124
炸寒單（元宵）128
燈籠（元宵）132
火炭催花（春分）136
月牙少年（清明）140
愛情與蟲虺（端午）144
戲班子（農曆七月）150
月圓夜（中秋）154

輯四　山水注

青青河邊草　160
晚風　164
空地　168
香港的斜坡　172
後山草木深　176
我一路向北，只看見毀壞　180
太平洋的浪　186
上山　190
河流　196

輯五　洪荒三疊

荒濱　202
榕樹　212
小吃店　222
流雲　236

序——真實的代換式

我房間極亂，書尤其亂。有時隨手抽翻舊書，發現哪本原來不是當年以為的那意思，於今別有體悟，常津津有味當下或坐或臥重看一遍。看完了，順手再堆回去。因此房裡書總是亂糟糟堆著，沒有整齊的時候。

某日我中了這些書的埋伏。翻書時掉下一疊紙，約十幾張，摺了兩摺，邊上積塵如毛球。我認得那淡紫色的橫罫，知道這是從前的記事本撕下來的，可是怎麼也想不起為何塞在書堆裡。拈指打開後，大驚，原來是舊文草稿。字跡拙劣，令人掩面不忍觀。手寫字看起來太真心，因此幼稚的句子就更幼稚，而看來像樣的句子又異常做作不堪。總之，像是看見了不該看的東西，例如運動會接力賽隊友跌跤的剎那——無法挽回的敗績；或是恐怖電影主角即將面對鬼魅的瞬間——無法逃避的現實。

一想起這些字有些已經印成書，有些甚至已經出版了又再版，再版了又絕版，頂著我的名字流落江湖，追殺無望，即使極力否認，撕碎扔掉，卻是再也，再也，再也不可能追回了。現實是一盆覆水，手還沒洗淨已潑了滿地。

這真是悔恨無限的時光膠囊，打開它，看一眼，一眼就要老了。你究竟希望當年的願望實現或不？你的心情竟然不是幸好而是寧願不要？曩昔暗雷伏在今日傷了自己，往事儘管支離破碎，摧割自是無可取代。

到底當時被什麼驅使才寫下這些，這些破綻百出的真心？

人生偶有這樣的時刻。春陰靜謐，四方群樹紋絲不動，它們緘靜像某個邊陲的哲學流派，謹小慎微地思考，奧義精深，不輕易向外人揭櫫它們的意旨和主張，也許就這麼澹蕩無為下去了，張了再大再密的銀網子也篩不落一顆蘋果的。如果不是為了一隻無心鶯雀鳴囀，使它們顫抖搖曳，旖旎其枝，閃爍其辭——若非如此，怕是要一直蹇默以終了。

但也有這樣的時刻。山草離離似碧浪，高風吹拂一整天，無盡的陽光也照耀一整天，夏季完整而高昂像獨唱的女高音。拔高處，天宇盡碎，嘩嘩碎了一整天，眾絃俱疲。然後夜闇，然後燈火闌珊。不知何處一隻孤獨的蟲子斷續哼唧起來了。因為寂寥或其他的甚麼原因都好，因為洞穴太舒適或夜露太涼，月色太清淺或夢太長，一時忘情，從它棲身的窪窟裡，不成調，哼唧起來了。

或者是不合時宜的蟬鳴晚秋垂暮空山，喊兩聲連它自己都不好意思，於是噤若一隻寒蟬該有的樣子，但畢竟是喊過了。或是冬日河畔殘蘆叢中一隻不知好歹的，東嗅西掘的狗，呼哧呼哧擾亂枯寂天地，牠不肯放棄夏天遺失的那只飛盤，牠記得快樂的奔跑。

這書裡的稿子棲居電腦角落兩年餘，其間不斷改寫，心煩的時候隨手開一個進去修剪遊蕩，日久生情，漸漸成了避難所。有些是小枝節修整，越修離原型越遠，整得像一缽盆栽，小巧，連我自己也覺得太細工。幸而它們襯著一些不甘和苦澀，暗雲洶湧，因此免於清新。有些是節氣文章，自然循環到了便發芽冒枝。想來文章亦如草木，日曬淋雨吹風受凍順時而發，下筆原是無心，一節一節恰恰寫整一年，兜在一起竟也是現代「歲時記」。

另有些不可收拾的，像野地藤蘿，漫天漫地鋪開來，看著像真實的個人成長史，其實是偽真實。這些一開始僅是千餘字小散文，山風海雨，寫著寫著撒成花雨滿天的青春物語。我真不知道，明明沒有這些人這些事，怎麼他們就從天地玄黃中現身，栩栩如真。幸而我從來都承認我寫散文多虛構，滿紙荒唐，如今放肆寫開，也是積習難改。散文一旦掙開寫實封印，天寬地闊不可方物。寫至真心處一樣糾結，彷彿我識得他們。這些非散文非小說的部分無以指涉，因虛構早遠山水，所以喚做洪荒，因有三個人，所以喚做三疊。

常聽說因為世上多的是謊言，真實因而更可貴。但真實的價值難道由謊言的多寡來衡量嗎？若此，謊言豈非真實的貨幣？若此甚好，讓我虛構一整個世界來棄置這個代換式。

家常事

荒蕪之歌

近半夜的街上除了大型清掃車緩緩拖過，再無人車。街燈澈亮，空明中那車一路隆隆遠去，噪音分外寂寥，像老人夜裡止不住的痰咳。

我等的公車班次不多，站著也是徒勞，所以就坐在透明亭子裡，伸長雙腳百無聊賴地等。久久，幾輛公車閃著別的號碼，嘩嘩然燈火通明來了。青白廂燈裡司機遠遠便盯著我，等我舉手或起身，車速稍稍慢了下來。我雖看不清他的臉，卻可以感覺那觀望的目光，我微微搖頭。隔這樣遠，他竟也看見了，於是毫不猶豫加速開走。車裡的垂吊把手一勁兒搖呀搖，車廂亮晃晃空蕩蕩。空的公車恍若一去不返的人生機緣，朝著不知道的路徑和風景倉皇而去。

超級商店的補貨大卡車慢慢兒滑到斜前方，停下，開門，卸貨，又蠢又笨恰恰擋住我等車的視線。原來穩穩坐定的我開始不安，心裡懸著，但除了繼續在這亭子等，也沒有別的可能了。

卡車前座放著廣播，音量不大，一個誰講了幾句話，一段喧譁的廣告，斷斷續續幾截旋律，歌詞模糊。我依稀分辨得出那曲調，在腦子裡漸漸串了起來，我不知道是誰的歌，也不知曲名，可是這零落的曲子竟勾起了莫名的荒涼感。偏偏我怎麼也想不起那詞。

我彷彿魘著了，在昏疲的夜街上全心傾聽一支謎樣的流行歌，竭力思索模糊的記憶。歌聲若有若無游絲散繞，所有的感官凝為聽覺，這裡一個音，那裡一段詞。它在如此恰當的孤獨時刻召喚我，我卻怔忡不解。而一旦電台放完這曲子，我將再次錯過。

啊我等的車現在千萬別來。千萬。

我努力回想，逐漸想起某種欲雨的黃昏天色，滾滾濃紫的雨雲，蜿蜒的北海公路。

某年夏天我別無選擇搭朋友夫妻的便車往濱海某鐵路小城。這對夫妻沿路不斷拌嘴吵架相互譏諷。我在後座初始感到難堪，繼而試圖勸解，再而千方百計岔開話題，後來我就放棄了。我不敢想像他們的每一天，我關閉自己，儘是沉默看著遠方的天色，祈禱這一切快快過去。

在那黃昏的蜿蜒公路上，我們一面擔心遠方湧來的海上烏雲，一面倉皇疾駛，間歇還有怨言恨詞。

啊即使翻車也無所謂了，我絕望且倒楣地想。

後來，在一座嶄新而荒涼的火車站前我們稍作休息。那車站龐大如剛落成的陵墓，白得閃耀，兀自在鬱鬱山海間發光，空無一人。這先生下車去找廁所，我和那妻子留坐車上，我們都忽然感到疲憊不堪，她突然說：「哎我們來聽點甚麼吧。」

她扭開收音機，找尋恰當的電台波頻。聽了一圈都不滿意，她焦躁反覆地說：「怎麼去那麼久？你在車上等，我去看看。」說著便下車去了。

我任由電台停在她選的頻道上，搖下車窗來吹風。電台放著一支陌生的歌，旋律悠淡。我的耳朵忽然清醒了，我忽然聽得見了，彷彿在此之前我是聾的。我靜聽著，等著，這是誰唱的呢？曲子放完應該會介紹歌名歌手吧。

歌還沒唱完，她匆匆回來，怒道：「快！馬上就有一班往台北的車，你陪我走吧。我受夠了！」她從後座拿出自己的袋子，也將我的袋子遞給我。

那先生氣沖沖在後面罵：「唯女子與小人難養！」兩人又吵起來。她忽地跑進車站裡去。

我又煩，又想笑，又無奈。抱歉且責怪地向那先生點點頭，也跟著走了。

那曲子就這樣沒聽完，懸了這許多年。這一夜又聽見，還是沒聽清，我等的車就來了。

打掃

前陣子母親到台北來小住幾天，回去前對我說：「你這地板乾淨得嚇人，別太辛苦了。」

每次母親來台北的前兩天我就開始神經質地打掃住處，我焦慮廚房是不是夠乾淨，碗盤是否排放整齊，地板有沒有灰塵，衣服是不是亂扔，浴室有沒有頭髮。書房雖滿地是書，至少也得堆出個形狀，做出彷彿亂中有序的樣子，不致亂得太離譜。我其實不知道為什麼自己這樣在意，因為母親已經很多年沒抱怨過我生活混亂了。

我想離家在外的子女都明白這樣的心情，一方面高興媽媽來了有好菜和老家的土產，另一方面又擔心自己離家後的惡習原形畢露，彷彿將日子過得這樣散漫，也就無能成為更好更努力的人——滿地的書，滿架的衣服和凌亂的廚房，都令人慚愧地洩露了生活的辛苦甚至人生的失敗。

從前母親來的時候常幫我整理屋子，有時洗碗，有時整理書報和檔案，一疊一疊四方方的放好。她總會做點甚麼，有時沒什麼好收拾，她也會把衣服重新摺一摺放齊。母親知道她做這些會使我焦慮，但她又看不過去，忍不住要做。她的脊椎不太好，所以看見她東擦西抹我就發急，一急就口不擇言：「你別擦了，一會兒你背痛又是我的錯。」她總說：「你既然知道我背痛還弄得這麼亂，當然是你錯。」我們常常為了這種小事吵架，我總覺得她在嫌我，她也覺得我在嫌她。

有次她見我跪在地上一格子一格子抹地，阻止說：「你別擦了，免得以後像我一樣背痛。」我也不知是哪來的氣，突然惱了，頂嘴說：「不都你教的？」母親沒說甚麼，坐在沙發上看我擦地。一會兒，又忍不住說，欸別再擦了。我不答話，默默將那一塊區域擦乾淨。我知道我在負氣，但我不知道為甚麼。

後來這些狀況漸漸少了，因為母親的腰背不行，蹲站都困難，也就不怎麼幫我整理，而我因為多年獨自生活，養成打掃的習慣，屋子大概能維持一定的整齊，所以最近幾年她來我這兒，多平靜無事。

但她還是偷偷幫我整理。有次我發現她修剪了陽台的竹子，且重新依日照程度排列盆栽。另有次，她回去後我才發現放碗盤的櫃子整理過了。我也知道她偶爾會偷偷擦抹流理台或瓦斯爐。我有時就笑說，幸虧我們家沒有兒子，要不然，嫁進來作媳婦的見你這樣子，不知要多緊張呢。母親說：「我又不是嫌你髒才擦的。」

這次我查看廚房和陽台，植物澆了水，此外無整理跡象。我有點高興，我想我真的打掃得很乾淨了。但我又有點擔心，不知道母親是不是因為背痛，所以不再幫我收拾。

就在這種莫名其妙的矛盾裡，我打開冰箱拿母親帶來的家鄉水果。一看我立刻又覺得輸了，而且我默默笑了起來——也不知是甚麼時候的事，母親將冰箱內部整個兒擦洗一遍，乾淨發亮跟新的一樣。

金棉襖

每年入冬前，總有高人從雁鴨、樹莓或者雲圖的形狀判斷這一年是暖冬或寒冬。說暖冬的時候我有點失望，雖然日子暖和點才好，可是冬天若是連件毛衣都穿不了，還是讓人悵然若失。而且台灣冬熱古怪，風是濕的日頭是悶的，不是夏天痛快的熱，感覺太不真實了。

今年聽說是寒冬，果然十月底就冷，清早起床透過簾子看見日影稀亮，光線乾涼又毛烘，世界像一塊毛玻璃，彷彿連日頭也要穿毛衣。這種晴朗的冬日早晨就該配上熱白米粥和紅心鹹鴨蛋，一鍋稀飯滾滾的，把廚房玻璃窗都蒸上霧氣。三口作兩口呼嚕呼嚕吃得滿頭汗，然後匆匆披上圍巾出門去，冷風迎面撲來，舒爽。

天一冷，我就想買棉襖。我問母親想不想也要一件，我在永康街看見一些很美的絲面襖子，嫩芽綠菖蒲紫和胭脂紅。其實我知道問也是白問，她自然說不要，她不喜歡任何傳統形式的東西。

我又問，那麼小時候怎麼老給我做棉襖穿呢，我還特別記得有件金棕色的棉襖，滾深棕細邊，同色盤花扣，甚麼花紋也沒有，單單在前面斜繡了一株寫意的複瓣大菊花。我還記得那金繡線顏色深淺不一，所以花瓣淺金暗金錯雜，像水墨暈染。棉襖布料很滑，我喜歡它暗暗發亮的光澤，穿上它我就覺得自己是一尊古董鎏金瓶，飄著檀香味。

彼時我有把藤製小圈椅，大人常讓我獨自搬了那圈椅在院子裡玩。院子裡有金黃大菊花，枝葉離披，盛開時花朵像小孩的臉那麼大，得用細竹架托住。我穿金襖子坐圈椅，在菊花架邊曬太陽，自覺和它們是一夥的。

母親聽見我還記得那衣服，得意笑說：「喔，那塊布呀！忘了是誰送的。我嫌那暗金顏色老氣，一直放著不知該做什麼，那朵花繡在前面，誰穿都像老太太。後來給你做棉襖，沒想到還不錯，給小孩穿就不顯老。」又說：「那塊料子很好，想想做小孩衣也可惜了，現在要那樣的絲布都不知哪裡買了。」母親愉快地聊起那塊布。果然女人不論隔了多少年，都還能記得當年喜歡的布料、當年在意的衣服，聊起來像是回憶一個老朋友。

從前另件棉襖我就不那麼喜歡了，淡粉紅的小碎花棉布，車菱格形的紋線固定夾層棉絮，布面被我磨蹭得很軟，摸上去不像衣服，倒像棉被。這棉襖舒服歸舒服，我覺得它很憋酸，像戲裡的丫鬟穿的，小名叫蓮花之類。母親大概也不怎麼在意這件衣裳，她一直以為那塊布真做棉被了。

現在偶爾看見棉襖，心裡雖喜歡卻沒法穿。不知怎的，我長大後外型不適合傳統衣裳，穿上棉襖看來極不協調，怪裡怪氣像洋人拜年。母親說：「你整天穿牛仔褲亂跑，野慣了，突然披棉襖，就像狼突然披上羊皮一樣。」我覺得她說得有理，嘿嘿嘿笑了，這一笑，又更不適合了。

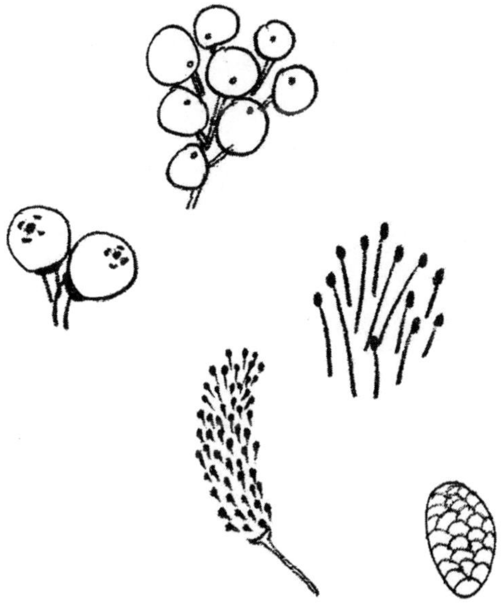

父親與狗

十幾年前，父母養了條馬爾濟斯狗，純白，長毛，黑眼睛鼻子，體型不大，抱懷裡剛好，典型的室內犬。我給牠起個名字叫露露，父母都說這像酒店小姐的花名，實在叫不慣。不過呢，露露露露叫著，也叫出了某種憨氣，後來竟然成了一隻安靜老實的狗。隔兩年，露露生了一窩四小狗，三隻送人，其中某隻體弱多病怕活不了，沒敢送走，便留下來養，這病小狗眉清目秀，因此喚作漂漂。

這隻體弱多病的漂漂長大後極壯碩，性格嬌寵乖戾，刁鑽善妒。因自小多病，母親偏疼牠，牠便霸著母親，搶著抱，搶著吃，搶注意。那露露則一貫溫吞，搶什麼都輸，老是愣愣的在一旁乾望，久了牠自知無趣，便另覓主子，到客廳去和父親窩在沙發上看電視睡覺。於是日常父母親各抱一條狗，餵食是一起餵，因為狗兒總是一起湊上來，但有時候母親餵過了，父親又餵，也搞不清哪隻吃了哪隻還沒吃，因此這兩隻狗總是多吃一餐，長久下來，都胖大得不像馬爾濟斯犬，追起貓來虎虎生風，根本是土狗的氣魄。

由於我和妹妹長年不在家，這兩隻狗陪父母過日子，因此牠們自覺在家中的排序優於我和妹妹。只要我們回家，二狗必時時緊盯我們的一舉一動，漂漂尤其焦慮，跟進跟出，樓上樓下奔爬也不怕累。在牠眼中，我和妹妹大概是來搶地盤的巨犬，母親總是先餵我們再餵牠們，而我們又時常偷偷餵露露，儼然與露露結盟，這一切使漂漂非常不滿，牠的獨尊地位動搖了。孰可忍孰不可忍，因此牠有時絕食，有時四處便溺引起騷亂。

露露在這種時候就特別困惑，平日退縮慣了，忽然被抬舉到太顯眼的位

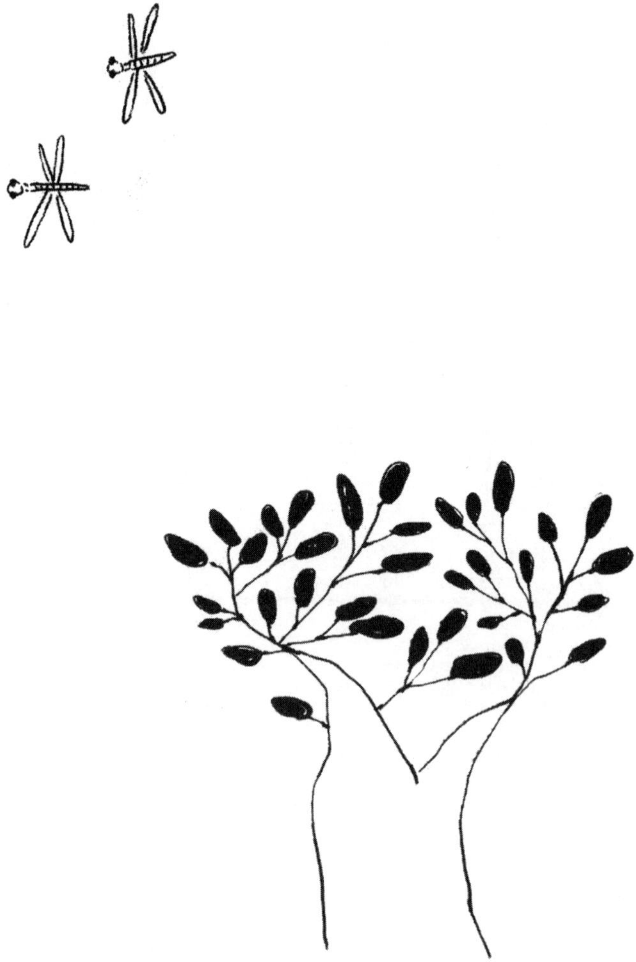

置，愧不敢受，誠惶誠恐。牠不再黏著父親，只是整天在屋子裡團團轉，搞不清楚該跟著誰才有東西吃。

某年春假天氣晴好，春陽和煦，父母院子裡的鳥雀和松鼠非常活躍，目中無人。當時某虎斑貓常在院子裡捕食鼠雀，二狗恨之入骨，我回家那幾天，這兩隻狗整日在玄關打量院子，唯恐虎貓又來侵門踏戶。

一天午後我下樓時聽見院子裡有人輕聲說話，心中疑惑，便在樓梯轉角處放輕腳步。

是父親。講話的口氣非常柔和，我從沒有聽過父親這樣對誰說過話。我疑心也許是跟哪個女人講手機，起了警戒，於是小心翼翼躡足下樓來。

玄關處只有漂漂趴著，整條身子貼著地磚躺成個犬字型，懶洋洋動也不動斜睨著我，視若無睹。我離紗門兩步遠，屏息細聽父親講話的內容。院子裡有鳥鳴，一陣一陣從庭樹高枝遙遙呼應至遠處山腳下。

父親繼續說：「你看那是什麼？那是不是小鳥？啊？露露喜歡曬太陽啊？乖乖呀露露乖。」我探頭，看見父親抱著露露坐在花圃邊的石台上，陽光曬得父親的頭髮和露露都白閃閃。

我心中詫異，想笑，又感到某種歉疚，我想我最好悄悄退回樓上。

露露耳尖，聽見我從紗門看他們，低吠一聲，搖尾巴轉頭看我。我只好推開紗門走出去。

父親有點不好意思，笑了起來。我也不知該說什麼，只好朗聲說：「怎麼不讓裡面這隻也出來走走？」我將紗門推開些，漂漂悠悠站起，走了出來，四隻爪子喀噠喀噠，每一步都慍怒，經過我，經過父親和露露，看也不看我們，一逕鑽到花圃另一側去巡梭。

我和父親都笑了。我說：「剛剛那些是什麼鳥啊？」

父親放開露露站起來，拍拍身上的狗毛，看看遠方的山說：「伯勞吧。」

露露傻傻的在地上東嗅嗅西蹭蹭，撒泡尿，就跟著漂漂到花圃裡扒土去了。

白狗與白貓

後來，養了十年的漂漂，前年長腫瘤，死了。

這隻狗眼裡只有母親，有時牠近乎偏執地憎恨家中其他成員。在家裡不論母親走到哪，牠一定跟著。漂漂相當排斥我，時常故意將我從沙發上擠開。我跟母親聊天時，牠甚至會想方設法引開母親的注意。我有時抱怨這狗脾氣壞，勢利，諂媚，心機深等等，越抱怨就越像個因為失寵而使壞的庶子，在背後說長道短，連我自己都心虛。媽媽自然不為所動：「因為漂漂是真心的呀。」

父母家前院寬敞但後院很窄，洗衣曬衣都在後院。母親洗衣服不讓漂漂跟出去，牠就踞在後門邊死守。那後院常有松鼠群出沒。松鼠只怕野貓，不怕人更不怕狗，坐在圍牆上吃果子，朝地上扔殼，扔得滿地都是。松鼠手爪子長長，眼睫毛也長長，眼睛滴溜滴溜轉，眼神舉止全然是鄰居的三姑六婆樣。只要有這群松鼠，漂漂就惱得幾乎發狂，總是掏心挖肺吠得母親進屋了才肯停。

母親在廚房做飯時，漂漂就端坐在廚房地板上看著。有時候母親一手抱著牠，一手炒菜。這狗少說也有十公斤，抱一會兒就抱不動了。後來牠便學會了一個新把戲，只要放牠下地，牠就坐在地上喊：「媽媽。」當然，這個發音於狗而言很難，牠勉強發出的聲音是「啊嗚啊嗚」。只要牠這麼喊了，母親就喜呵呵地又抱起來。

這樣貼心的狗死了，母親難過得心灰意冷，說再也不養狗了。

貓狗兔鼠或鳥兒的壽命都不長，動物死亡是養動物的人必經之事。我懂事以來家裡陸續養過十幾條狗，有的走失，有的病死，也有誤食鄰居的老鼠藥而死的。每次都哭著說不養了，可是過陣子又會有人送來剛生的小狗，或是從路邊撿流浪狗回家，因此是一直都有狗的。

漂漂死後，母親消沉了一陣子，雖然家裡還有露露，但顯然漂漂是無可取代的了。

隔了幾個月我回家去，一進門就發現沙發上躺隻小小白貓，嬌滴滴。短毛瘦長，麒麟尾，藍綠寶石眼，還給繫了紅頸圈小鈴鐺。牠像梁實秋的「白貓王子」，不過梁實秋的白貓是黃耳，這隻是純白的。

母親雖固定餵附近的流浪貓群，但是從不在家裡養貓。所以我問：「怎麼突然養貓了？你不是怕貓嗎？」

她抱著白貓笑說：「沒辦法，牠自己來的呀，每天都到院子門口來等我呀。」

我說：「咦，不是說都不養了？」

母親還是笑說：「哎牠是貓呀。貓不一樣。而且牠這樣小。」

小白貓喵嗚喵嗚趴在母親肩上，盯著我看，也不怕人。我伸手去摸，牠沒躲，可是警戒打量的表情看來極像漂漂。撒嬌磨蹭夠了，牠又從母親身上跳開，在屋子裡巡梭一圈，嗚嗚叫著往後面疾行。

牠竟是到後院關切那些松鼠的行動去了。牠爪子耙紗門，嗚嗚叫著嚇唬那些松鼠。

我跟著白貓往後面走，詫說：「這哪是貓，根本是條狗。牠有『犬魂』耶。該不會是漂漂投胎的吧。」

母親被我說中了心事，很高興說：「你也覺得嗎？我也覺得這是漂漂投胎回來陪我了！」

白貓還沒有名字，平常就叫㚻咪，此後，就襲名叫漂漂了。

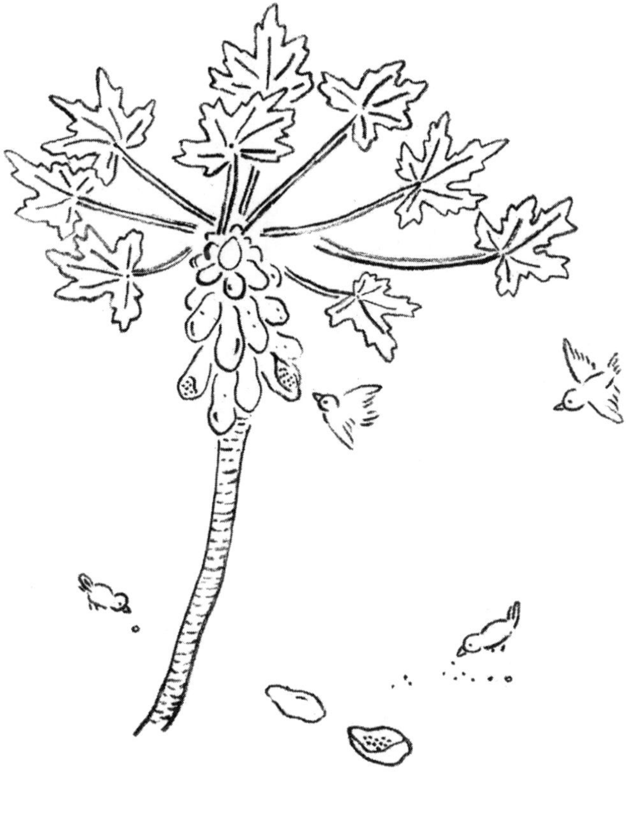

木瓜樹的小院

木瓜樹的身影單薄，像把破傘，樹幹頂就是稀疏的葉子，既無枝椏也無樹蔭。孤零零一株，青，白，瘦。看上去不像樹，不像灌木，也不像椰子，不像任何其他的樹木。木瓜葉片雖大，卻是「小」字型，缺口處處，看來空洞而不扎實。不論在小鎮或田野，很少人會第一眼就看見木瓜樹，除非它結了果。誰能料到，外相破綻疏漏的樹能結出那樣飽滿的果實呢。

我們隔鄰的廢屋前院已經荒草齊腰了。平日父母遛狗時總特別注意，不讓狗鑽進廢墟裡去。其實呢，那個隔鄰小院子曾經很漂亮的，從前的主人修了相當整齊的扶桑花樹籬，平日油綠綠，開花時節滿籬紅燦燦小燈似的扶桑花。從前那院子另有一小架牽牛花藤，開瘦小的紫霞色喇叭花。我也記得那屋子內部的舊日細節，它原是傳統的一明兩暗小瓦房，正廳是閩式紅磚地，木樑子白泥牆，擺了太師椅和藤椅，牆上略高處有小型的香案牌位，兩側的房間是和式榻榻米，我甚至記得他們家的被褥是大紅牡丹花布，枕頭是粉色緞面金線繡龍鳳呈祥，總是整整齊齊疊在榻榻米一角。他們在後院子種菜養雞，植芭樂果樹，相當典型的台灣鄉居，豐儉有度。不知怎的就沒住人了，廿年間這屋子僅餘斷瓦殘垣，連扶桑樹也死絕了。就剩荒草。荒，草。

某夏我發現荒草間亭亭立著一株比人高的木瓜樹，在靠近我們這一側的牆邊，樹頂纍纍結了許多青木瓜。

我想起龍瑛宗的知名小說《植有木瓜樹的小鎮》，寫於一九三六年，隔年於日本發表並獲獎。這個殖民時期小說的題旨是青春理想之幻滅，書中的木瓜樹是日本殖民者屋舍外的果樹，代表整齊、秩序、清潔豐饒的高等生活。相對於凌亂、髒汙、貧瘠困頓的台島人生活，木瓜、甘蔗等經濟植物彰顯的是另一種殖民現代性的價值。島內隨處可見的木瓜樹像煞有介事的一字排開種在高級屋舍邊，也指陳了殖民者的南國夢想。我初讀這小說時已經廿幾歲了，當時我頗訝異木瓜樹在殖民時期的現代化意涵——理論上我懂那道理，但著實難以體會這樣一棵破爛相臭腥味的植物被賦予的想像。正因為反差極大，所以印象深刻。

母親端詳隔鄰的木瓜樹說：「木瓜樹都是突然看見的，一看見，就是長滿木瓜了。」

我問：「怎麼那突然長棵木瓜呀？你們吃了木瓜，籽往那裡扔嗎？」母親笑說：「誰那麼閒。大概是飄過來的吧？」我笑：「木瓜籽黏答答的，風怎麼吹？」母親說：「也對，不然就是鳥或松鼠給帶過來的了。大自然嘛。總有辦法。」後又看看那木瓜說：「這樣青，讓鳥吃吃也就差不多了。」

以大自然解釋院子四周的生物起落生死，似乎太過遼闊而弘遠，但那確實又是自開自落的生命定律。在鄉野間，生命看似荒蠻，卻沉默、堅定，以它自己的節奏持續循環。山深不知處的鳥雀啄食了遠方的木瓜，偶然飛駐這庭裡，啁啾啁啾，遺下了籽，土壤也許正好雨過，一切恰好，因此亭亭發芽。

過兩天，稍熟的幾顆木瓜果然先被鳥雀啄了一半，且不知怎的猛啄，那籽到處四散，殘存的梗垂掛樹幹上，乳白的奶汁緩緩滴落，蟲蠅飛繞。

父親摘下剩下的另外幾顆，放得熟黃，吃了，味道還可以。

老屋子

我小時候寄住外婆家一陣子，那是改建過的日式木屋，當時很多親戚朋友家裡都是這類半閩半和的房子。由於是老屋改建，每戶人家為了方便而拆改，格局都不同。

這些屋子基本的結構相似，小院子、玄關和屋內的紙門都留著，臥室也幾乎都保留榻榻米，但客廳則因家庭而異，多數的客廳都拆了榻榻米，改成閩式磚地，好放較重的沙發和電視，不過進門後還是一樣要在玄關脫鞋。

這些沒了榻榻米的客廳儘管寬敞了些，卻反而感覺滯重。榻榻米給人自在流動之感，紙門拉動可做出半透明的變化也使屋子通透。也許因為榻榻米軟，走動不累，且可隨時坐臥，空間自由——當然也可能是榻榻米離地三尺，腳不著塵，因此步伐就輕快了起來。磚地呢，走一步是一步，人與物都堅且沉，彷彿泥牆磚地扎實得將人給嵌住了，反倒不良於行。

這些屋子的緣廊上多有玻璃木格窗和紗窗，那空間或挪作小書齋，或改成小起居室。冬日女眷坐這裡曬太陽打毛線，夏天若不曬，小孩聚這裡吹電扇玩沙包。我記得我到三姨家去玩，幾乎不走玄關，都是直接繞到邊側從這裡啪的脫了鞋子進屋去。這是全屋子光線最好的角落，所以快樂的事總在這裡發生。

廚房則幾乎每戶人家都一樣，躲在屋子最後面最慘淡的角落。水泥地、小燈泡、窄窗櫺，後門閉鎖。暗、悶、油酸味，地上濕嘰嘰，木屐也永遠滑溜溜。這個角落昏暗不明，隱匿於正常空間之外，淒涼黯淡。有時聽說哪戶人家的誰上吊死了，儘管我知道那一定是在正屋的木樑子上，但我總疑惑，冤鬼一定蹲在廚房的哪個角落。

除了這些，堆放棉被的壁櫥、掛衣物的大櫥子、古老的木抽櫃，都是畸零空間。一屋子暗格子，像生命中顧此失彼的威脅。我獨處時常盯著它們看，等它們悄悄打開，爬出鬼物來。與鬼物對望是意志力的持久賽，我覺得若先移開眼睛那鬼便要現形，必得定神望得這些箱籠櫥櫃魅氣盡失了才肯轉眼他處。彼時大人不准我老看著空無的角落發呆，大概覺得這孩子儘看著甚麼不乾淨的東西。我現在已經失去如此直視恐懼的勇氣了。

然而，這種老式日本屋最使孩童害怕的，其實不是樑子或櫥子，而是廁所。

長大後讀谷崎潤一郎的《陰翳禮讚》，心裡驚歎，果然是日本文豪才能如此由衷感受傳統文化與器物的蘊涵。此書一九三三年出版，日本當時電燈已逐漸普及，馬桶也進入家庭。可是谷崎憎惡現代照明及衛浴設備，崇尚傳統日式房屋的幽暗深邃，尤其是朦朧暗淡的日式廁所。谷崎還說，他到寺廟裡看見舊式的廁所時，就感到日本建築實在難能可貴，他認為這種舊式廁所有精神穩定的效果。

傳統的日式廁所離主屋稍遠，是後院裡的獨立小屋，小燈泡、木門，靠地板處有細長的通風口。下雨時上廁所得打傘到後院去，冬天冷得哆嗦，夏天則汗如雨下，蚊香薰人。當然，它確實是朦朧暗淡，也確實可聞蟲鳴鳥唱樹木清華。我猜想，谷崎喜歡這種獨處於自然庭院之中，又似隔絕，又與天地相通一氣的感覺吧——尤其自己是那麼毫無防備的姿勢。

使孩子害怕的正是同樣的原因，特別是夜裡，獨自蹲在遠離家屋的閉鎖小亭，牆外環繞樹木叢草蟲虺，距離文明非常遙遠，主屋裡大人忙著他們自己的事，而最靠近的也許是隻老鼠、蜘蛛，或條蛇，伏在某個角落。

我總是高度戒備，凝聽四周聲響，像隻警醒的小動物，完事後匆匆跑回本屋，裝沒事。

後來再大些，有膽子了，那短暫的蹲伏時間我東張西望，看一切能看的事物。裝衛生紙的明治鐵盒上浮雕巧克力圖和這場所真是意外地適合。墊著盒子的過期電影畫報霉漬斑斑，寫著「萬花嬉春」。或有舊日文刊物：「米大統領……締結……」、「什麼什麼裏切」之類的新聞標題，意味不明的漢字腹痛如絞時看來十分點題。世事萬物都恰當，還真沒有不適合在那小亭子出現的文字哪。

關於雞的回憶

某日逛超市，見整隻烏骨雞俐落裹著保鮮膜，圓滾滾，不見頭爪，一絲血也沒有，無涉生死，便買了一隻回來燉湯。誰知煩惱就來了。

像我這麼摸也不摸，不知肥瘠就買下，母親若知道了一定要嘮叨。但我實在怕傳統市場裡的肉攤，雞鴨光溜溜癱長脖子，眼睛半閉，或吊鉤上，或癱案上。生肉雖看不出形體，但積膩多年的肥油腥味濃烈，生黏惱人。這些景象讓我對「肉體橫陳」一詞產生可怖的聯想。

這雞買回來，拆開綳得太緊的保鮮膜，雞頭滑出來，就復原為一隻死透的家禽，有雞冠雞爪。水龍頭底下沖水時，灰濛的眼睛還會張開——這死亡過於完整明確，毫無一點疏離異化，軟趴的脖子轉過來扭過去，垂在我手上，我越洗越慌，驚駭地留它在砧板，跑進浴室去洗手。

從前不會想這麼多的，不知怎的現在連一隻雞都無法面對了。

父母家裡年節照例有雞有魚。近年僅買現成的油雞裝盤應付過去，應景的意味居多，我們不大吃它。可是從前就複雜得多，也不知是哪買來的大肥雞，碩大無朋，整隻椒鹽醃過掛著風乾。雞極肥，金黃的雞油啪嗒啪嗒滴下來，底下有凳子，凳子上一只小鍋接油。這風雞和其他的臘肉香腸火腿都懸在曬衣竿上，一大竿在廚房外的走道裡。家中人口不多，但這一竿肉過個年竟也吃得完。成串成串的肉在冬天的乾寒裡搖搖盪盪，後來我學到「酒池肉林」的成語，直覺那該是冬天的景象。

走道另一側是我房間，那雞油夜裡也還滴，隔著薄牆，聽得分明，也是一種「更漏子」。從前我年紀雖小卻常失眠，靜夜昏燈下躺著反覆揣想日間看見的人，掂來捻去日間聽見的話，某些平淡無奇的尋常細節突然顯露真相，人心陰狠，凶險隱微。他人即地獄。白日視而不見的種種微小惡意失去了陽光的粉飾，真相轟然洶湧，憂懼難當。一個想太多的孩子，太早明白世事複雜，卻還沒有學會如何想開，真是灼苦。現在我已不記得那年紀究竟糾結什麼，只記得闇靜中緊握拳頭，躺床上聽雞油久久滴落一次，感到很安心。

那空腔子沒心沒肝的雞懸在房外，我一點也不怕，因為是在暖和的屋裡，因為屋子瀰漫臘肉香腸的嗆酸味，因為這是豐盛肥腴的好日子，像棉襖的皺褶，又暖和又滿綳。夜深沉，生或死都安詳。我聽著聽著，緩緩睡著了。

外婆家也養過幾隻公雞和母雞，白天放任後院亂走，晚上關進雞籠。牠們啄食的動作神經質，不高興時也會追人，大家都怕這些雞。到了要宰的日子，外婆綁了隻公雞，紮住翅膀和腿放在後院，一旁擺著菜刀和盛血用的臉盆，始終下不了手。她問大家誰敢殺雞，舅舅阿姨百般推託，跑了。我忘了後來是誰下的手，只記得我蹲在一旁，又害怕又著迷看那雞掙扎發抖，深紅的血從喉嚨奔流出來，很快就死了。很快。非常快。

當時雖怕，但這害怕摻了好奇，所以我看得下去。

我自己也養過小雞，不當家禽飼養，而像是小孩的寒假作業，寵物般養著。但那一窩黃毛小雞不幸被寒流凍死了，父親扔掉它們的時候，我其實不太難過。

或者，正因為當時一無所知，才能夠這麼坦然直視死亡不知懼怕或哀傷。

我將這些往事仔細想了想，砧板上的雞與我似有連帶的苦難輪迴。而且，都這麼伯仁已死地躺在廚房裡，也只能咬著牙，將它下鍋去了。

爺爺房裡的鐘

爺爺過世前一年突然非常在意他房間裡的時鐘準不準。現在回想，也許正是來日無多的兆頭吧。

他房裡是一般的電池鐘，菱形淡金鐘面，細黑花體阿拉伯數字，整點報時，幾點就響幾下。本來這報時功能是關閉的，但爺爺說他看不清時間，堅持要它響。父親覺得打鐘太吵，說：「反正都在厝內，幾點有啥要緊。」爺爺啐說：「人不知時間是要怎過日呢？」

雖然爺爺也只是坐在搖椅上，慢慢兒的把一天晃過去罷了。

當時爺爺已九十高齡，偶爾記憶有點飄忽，所以他自己不敢隨意出門，怕迷路了回不來。除此之外，他的身體狀況還行，飲食起居都正常，他天天看各時段的閩南語新聞，電視音量調得極大。早幾年他還會看國語新聞，後來索性將這不熟悉的語言忘了，回到他最習慣的世界裡去。晚餐時還會談起時局，問問社會動態。

他是絕不認老的，都這年紀了，即使走路不方便，也拒絕用拐杖，寧願扶著牆自己慢慢走也不要人攙扶。誰去扶他，他便嘖一聲，一手甩開。

有時他午睡睡迷了，夢見舊事，醒來後一時回不了神，便繼續渡著夢裡的光陰。晚餐桌上他會突然說：「那個誰誰誰今下晡來找我借錢了，真麻煩啊這個人。」我們說沒呀，下午沒人來。他還繼續說：「敢不是來了？我還罵他。」我們也就不跟他爭辯，順著話頭說兩句。爺爺有時會突然醒悟，說：「欸？他敢是死了，幾年了？」我們就說，是啊，都幾年了啊。他便不言語，咀嚼半晌，換個過去式的感慨語氣又說：「這人以前真麻煩啊，四處借錢。是說，也是死了。」

鐘第一次壞的時候，我正巧放假在家裡。暑天午後昏昏，我歪在客廳吹冷氣看電視，爺爺從房間顫巍巍走出來問：「哪還未吃飯？都幾點了？」我說：「阿公，咱佇才吃過呢，你不是吃扁食？」爺爺站在房門口，歪著頭想了想，皺眉說：「有喔？吃過了？那我怎麼聽到時鐘剛剛噹一點？」我進去看他的鐘，原來是慢了，還停在一點，明明都三點了。

那鐘徹底壞了，父親和我束手無策，只得送修。送修期間爺爺堅持要有鐘在房裡，又嚷說莫買新的浪費錢，所以母親偷偷去買了新鐘，謊說是從我房裡挪過去的。這隻新鐘報時音量不大，爺爺又嫌棄了，問說：「咱逕前舊厝那款，有鐘擺的，現在買有否？我要那款。」

爺爺說的是卅年前家裡一只老式的日本進口鐘，有發條有鐘擺，鐘擺外有個上鎖的小玻璃匣。這種鐘響緩慢有回音，彷彿那時刻別有意涵似的，像是一種淒涼且鄭重的警告，也像是鬼片的邪鐘，恨意無限。我從前非常怕它，半夜醒來若聽見它打鐘，我總是嚇得睡不著。

當然，那種鐘現在買不到了。我們都發愁，因為爺爺經常抱怨，換了好幾隻他都不滿意。而那些鐘也怪，常壞，時間老不對，弄得爺爺經常在他房裡發脾氣，大聲喚我或父親過去：「到底現在是幾點啊？」

母親有天在廚房偷偷跟我說：「老人家這樣在意時間不是好事啊。」

我說：「阿公從以前就很在意時間不是嗎？」

母親說：「可是換了好幾個鐘都無緣無故壞掉，這實在……欸你別跟你爸講這個。」

我們發現其實爺爺不記得他自己是不是吃過，他的穩定作息並不依靠自己的記憶，而是依賴時鐘的報時。早上六點起床，早餐喝牛奶。中午十二點看新聞半小時，吃午餐和香蕉，午睡。晚上七點看新聞半小時，吃晚餐和香蕉，九點睡覺。

鐘一壞，他晚年的秩序就亂了。失去時間感獨自坐在搖椅上的爺爺，雖然看似固執，其實心裡非常惶恐吧。

某天晚上爺爺又喊說他的鐘停了，那時已是晚上十點，早過了他睡覺時間。我和父親進去將時間調正，說該睡了。爺爺坐在床邊，摸索床沿，睜著眼看著空中某一點，疑惑問：「咦？現在是暗時喔？」

那一刻我們突然理解爺爺的真實狀況，他的老邁、衰疲，以及分分秒秒沒入陰翳的生命。他硬撐著不敗露，但身體裡的時間正迅速消失，時鐘即使停駐，他的時間也回不來了。

我愣住了。父親笑著說：「多桑，現在是暗時啦，你莫一直想時鐘的事了。」

我們走出來，面面相覷。我看得出父親的害怕驚惶，他紅著眼，可是還勉強笑著，輕聲以國語對我說：「這真不吉利，整天終啊終的。像是他自己在數時間了。哎。」

藤蔓

爺爺還在時，老家的院子種的都是相當老派的花樹。桂花、玉蘭、含笑、百合、一架葡萄，還養些蘭花菊花和薔薇。這些花樹各有開花時節，所以那院子一年四季各有不同香味，整理起來還算愉快。

後來老屋改建，爺爺過世，院子雖還留著，可是原來的樹都除掉了。父親是學工程的，沒有文人氣，他不喜歡任何需要費心照料的東西，遑論花草。因此這新院子就變成母親的事了。

母親立刻在院子裡種滿西洋花草。她一向喜歡西洋事物，在同輩裡算是比較新派的。從前她做十字繡桌巾、鉤針蕾絲或是緞面人造花這些手工藝，都是些叫不出名字的洋花兒；她打的毛線衣總要綴上櫻桃啦、三葉草或向日葵這一類的西洋圖樣；她也喜歡剪雜誌裡歐洲鄉村小屋的圖片夾在梳妝枱鏡子邊上。可想而知，母親一手種植的滿園花草除了玫瑰還叫得出名字之外，其餘的那些都是音譯的洋名，日文念起來都是片假名，什麼特什麼爾什麼斯的，而且全是粉紅粉紫的——真叫做奼紫嫣紅。僅有的一棵不知名的洋樹，也是粉紅粉綠的怪葉子。

這院子立刻變得花團錦簇，朝向母親理想中的歐洲小屋演進了。

但這樣還不夠，終極的歐風花園除了一蓬一蓬的花之外，藤蔓絕對必要，而且最好是長春藤那樣爬滿整座屋子。母親嫌長春藤小花不明顯，於是種了成串紫花的蒜香藤。

鄉下風和日麗，藤蔓瘋了似地長，這蒜香藤只花了一年就爬了半面牆，花季成串碩大紫花垂垂搖搖，很是韻致。然而它很快就長過頭了，遮蔽了整個牆面，前屋的窗子見不了光，蟲子也多了。

父親開始抱怨，每天嚷著要砍了這藤：「沒事招蚊子。」妹妹也說：「太陰森了這。這不是珍奧斯汀，是克莉斯蒂阿格莎的偵探小說了。」我也勸說台灣氣候濕熱不適合歐洲庭園，徒然的模仿西方是不合理的文化想像云云。我連電視上常說藤蔓招糾紛等等風水論述都搬了出來，不過這一套不但對洋化的母親無效，父親也斥為無稽。兩人齊聲罵道：「你書讀到哪裡去了你！」

花圃裡各種洋花雖開得熱烈盛大，但因貓狗日日磨蹭刨掘，汰換極快，僅這藤和那怪樹耐得住小獸放肆，母親因此更不願修剪藤蔓了。我們三天兩頭抱怨，成了眾矢之的的母親被我們一激，脾氣拗了起來，宣稱她絕不動這藤，也不准我們動它：「我種幾朵花又怎麼了我。」

某年春假母親和妹妹出國玩，臨上飛機前再三交代：「你爸爸若要動我的花，你一定要阻止。」我連聲說好，心想，雖然我在台北鞭長莫及，但那些花草工程不小，父親也不可能真的動手吧。母親彷彿聽見我心裡的念頭，悠悠補了一句：「你可別小看他了。」

果然，隔天傍晚父親來電，簡單交代：「你媽媽那些花我已經整理了。」

我驚問：「『整理』是什麼意思？」

父親說：「就是清理了。」

我又驚問：「『清理』是什麼意思？」

父親嘿嘿笑說：「反正就是處理了。她回國後你先說一下，免得大驚小怪。」

我還驚嚇：「『處理』？」

父親說：「我等這一天很久了。」

母親回國，一見到我就問：「你爸爸有餵貓狗嗎？我的花還好吧？」

我含糊說：「喔，那個，呃，爸說，他有打掃院子。」

母親一聽，立刻明白了，著急說：「打掃？他這輩子什麼時候摸過掃把了？」於是刻不容緩第二天一早搭第一班飛機回老家去。

沒錯，整面牆已處理得乾乾淨淨，片葉不留。連那怪洋樹也一併砍掉。母親氣壞了，兩人大吵。過後，母親無可奈何，說：「算了，也好，我改種金針花好了，滿牆金黃色也不錯。」於是又計畫著該讓那藤怎麼爬了。

家族果然是葛藤啊。

街巷之貓

老家院子平時約有七八隻貓固定出入。鄉下圍牆普遍低矮，群貓身手矯健，忽上忽下如入無人之境。

這是一群白底灰紋或橘紋虎斑的貓，另有兩隻純黑。這院子是牠們的地盤，其他貓隻很少闖入。牠們有點防著我，我到院子裡去丟垃圾或拿報紙，這些貓就懶洋洋從車頂、草叢，或花架下起身，變換隊形，牆角的跳牆上，蘭花後的鑽進石燈後，摩托車籃裡的跳花盆邊，樹下的咪嗚叫一聲，跳出來，往一旁的階梯小碎步跑去。另有幾隻在鄰居樹蔭下，不動。我再怎麼示好，牠們也不靠近，有時甚至互相交換眼神，露出厭煩的表情緩緩走開。

媽媽總阻止我說：「你別一副狗樣吵得不得安寧。人家貓不吃這一套。」

那院子其實不大，但因花圃裡花盆花台大理石板以及其他東西凌亂放著，造出不少縫隙，其中又有藤蔓，枝椏低垂可供攀爬——這一切恰是貓的理想遊戲場，群貓經常在各個角落暗暗休憩。

這巷子每戶人家都有前院與花圃，加以鄰居有蓊鬱老楊桃樹和柴房，隔鄰更有一大爿荒廢頹圮的院落，九重葛密得將屋頂壓得半垮——再沒有比破落的廢墟更為野貓熱愛的場所了。野貓群居於此，每日以這個廢墟和院子為基地，在長巷子裡高低奔走，叢林虎似的四處捕獵鼠雀，眼神炯亮銳利不似街巷之貓。

這些貓成日野著，遠近的貓大概都聽說了我家這院子可吃晚餐，晚上七點之後陸續自草叢和廢墟圍牆間現身，聚集在前院等母親來餵食。牠們也不呼嘯，也不焦躁，一隻隻選定位置坐定，一雙雙火眼金睛在微闇的院子裡灼亮。固定的那群在院子裡，遠來不熟的在牆上或大門邊。待母親端著食盆推開紗門出去，群貓敏捷起身，喵喵擁聚，腳步雜沓，有從遠處屋頂驟然三兩步豹奔上前的猛貓，也有被大貓一腳撥開的幼貓。餵食依貓性分三處，一在院子裡，二在略高的水泥台上，三在大門外，給新來乍到弱小的那些。

野貓都十分警醒，不太靠近也不多話，低頭聚食，吃完四散。一杯看爪氣，二杯生分離，三杯上牆去。這群貓中有隻為首的虎背白襪，不論吃東西或曬太陽總佔得最好的位置，因此我們叫牠貓哥哥，唸做「貓葛格」。貓哥哥胖，毛色豐美，會對著人喵喵叫，看起來不像野生，像是人家養的。

貓哥哥時常捉了麻雀或老鼠來，放在門口咪嗚咪嗚要我們出去領，像是

說，順手帶來的小禮物，意思意思。

某日牠在前院吐了一大灘，看起來身體不太舒服，母親摸摸牠，牠又跑了。後來就沒看見了，當晚沒來吃東西，次日也不見蹤影。

黃昏時母親實在擔心極了，站在大門口頻頻喚牠，其他的貓都紛紛出現，獨不見貓哥哥。

對門太太問：「你找的貓，該不會是那一隻吧？已經在那裡一整天了呀。」說畢，指著我家大門邊的圍牆上。母親大喜，回頭一看。

貓哥哥被條繩子吊在我家圍牆上，早死了，硬的。母親唉呀一聲，往後一跌，差點暈過去。

我們心裡難受，只得往好處想。也許是在哪兒吃了毒死的老鼠，自己也中毒，死在別人家裡了吧。也許人家知道是這一家的貓，好心送了回來，並且依鄉下習俗，吊著讓牠超生吧。

柴房頂的貓

保羅紐曼和伊麗莎白泰勒演過一部叫做《朱門巧婦》的片子，這譯名實在太雅，沒有原名那樣刁鑽傳神，原名若直譯是「熱鐵皮屋頂的貓」（Cat on a Hot Tin Roof），這是田納西威廉斯獲普立茲獎的劇本。故事裡每個角色都心懷擾動不安的祕密和慾望，情緒緊繃壓抑。這故事讓人覺得日子難捱，有如貓踏熱鐵皮，無法安穩，只得吵吵鬧鬧匆匆踩過。片名中的「貓」指的是嫁入南方豪門的女主角。

當然，貓輩何等清醒，大熱天是絕不會從鐵皮屋上踏過去的；萬一真踩了上去，大概都是打架打輸了落荒而逃不得已。冬天裡牠們則一條一條躺在鐵皮屋頂上曬太陽，曬了這一面又翻另一面，懶洋洋的。

從前鄉下的屋子多是磚瓦或木造，只有柴房才覆鐵皮，不像現在這樣四處都是速成的鐵皮屋而且還住人。柴房多半不高，現在已經少見了。我小時候老家後院有間柴房，真是專門堆柴用的。這柴房若不堆柴其實是個不錯的小屋，平日嚴鎖著，倒不是怕人偷柴，而是怕躲了人，也怕蛇爬進去做窩。後院樹多，暗且濕，大人不喜歡我們去後面，也不准我們進柴房，所以偶爾能進去的時候，就特別對那陰涼微暗的木頭香氣和潮氣印象深刻。

從前我覺得貓和柴房分不開，大概因為柴房多鼠，所以野貓愛在柴房附近出沒。可能也因為柴房頂是一處較高的平坦空間，人們不太管，貓可自由來去。天冷的時候牠們躺在鐵皮上曬太陽，瞇眼俯視我們；平常牠們會從柴房屋頂小跑一段，忽地跳到樹上去；或是從圍牆上打架嘶吼一路咚咚咚地追趕，跑過柴房頂，一會兒又咕咚咕咚跑回來。夏日炎炎貓自然不上鐵皮頂，牠們菇在樹蔭深處的圍牆上歇憩，眼睛綠森森，比樹蔭更涼。

現在鄰居還留著柴房，簡陋潦草，小小的磚砌角落以磚頭壓覆幾片鏽鐵皮，凌亂堆了與人等高的柴薪。現代生活已經不需要柴火了，但他們偶爾還是會在黃昏生火，不是燒水或燒飯，聞著像是烤魚或燻肉，鄉野人家日暮炊煙的家常氣。這氣息如果還襯上絲瓜藤架的黃花和斜陽下雞群的影子，也就非常陶淵明了。

野貓在這炊煙裊裊的時刻特別擾動不安，牠們毫不隱藏自己的慾望，幾隻從巷子人家的圍牆、陽台、大門底下冒出來探望，睜睜亮著大眼睛。或倏忽從頂樓天台跳出來，自三樓紅鐵欄杆探頭，三步併兩步，啪咚跳下紅鐵梯到二樓水泥圍欄上，欄寬僅十公分，筆直小碎步疾跑至底，縱身左下斜跳，無聲一腳點踩側房瓦脊，腰一扭，順勢右下鶻落——幾秒間踩上柴房頂。

夏日黃昏鐵皮還散著餘熱，野貓跳了上去卻踩不住，不敢往隔鄰院子跳去，也不敢往我這裡跳來，在屋頂幾塊磚頭間跳來跳去，對著我惱羞成怒叫了幾聲。我竊笑，後退讓步，牠就匆匆跳上這邊的圍牆走了。

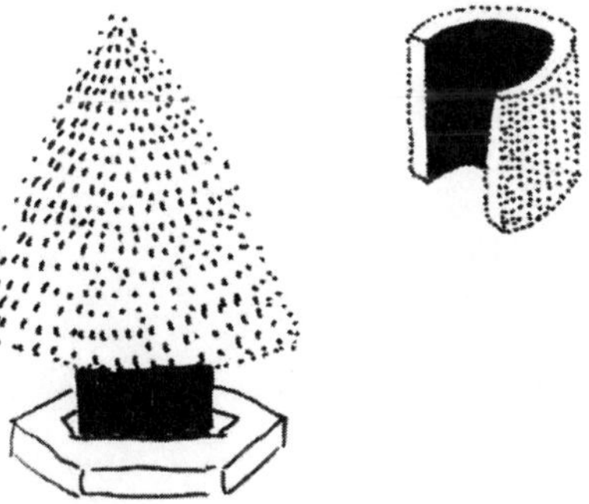

城裡人

煙火

不久前跨年倒數還是西方的花招，我們只在電視上看看，不怎麼真心慶祝。大家心裡認的還是舊曆年，元旦不過是個淡淡的假日罷了。近年市政府和娛樂事業聯手合辦跨年歌唱晚會，越辦越大，元旦前夕的跨年倒數就成為舉城若狂的事了。

其後一〇一大樓煙火越發火裡添油錦上添花，成為一城資本奇觀之展示，短短數年間，全島風靡，一毫寒儉不得，索性繁華到底。

每逢跨年倒數，台北城東午後交通管制，區內公司行號皆識相提早放人。

其實，過午就沒有人想工作了，滿街的車轟轟然往東邊跑，人潮洶洶。周邊餐廳咖啡廳速食店全滿座，停車一位難求。整晚上十萬人聚集寒風中看歌舞表演，興致高昂甚麼也擋不住。那種雀躍期待仰望的表情，乾乾淨淨別無貳心，顯得台北還是個單純的城市，台北人還是個善良的群體。

他日大難，回首此刻不知淚下如何。

午夜狂野的歡樂煙花都過去，人潮漸散，但學生還不願放手，他們不甘燦爛的時刻如此消逝。嘗了甜頭的孩子總希望美好的事物可以延長、停留、倒轉、重來，再多也不夠。年輕人多的是時間和青春，他們最該任性揮霍，但越是年輕越眷戀不捨，像是錯過今夕就沒有明天了。他們在夜街上成群蹓躂，蹲坐街邊抽菸聊天吃東西，或聚在廿四小時速食店裡喧譁。他們等候天明，天一亮，他們還要去看升旗——誰都沒有這樣愛國，從小誰也沒有這麼期待過升旗。現在這也成為一件歡樂的事了，可以記下來，徹夜不眠等升旗，作為青春的紀念。

我們緩緩駛過這些年輕的孩子，滿地荒唐垃圾，一點也不像台北。年輕人坐站蹲晃，追逐奔跑。這煙火炸過眾人撤空的城裡，紙屑飛揚，硝煙猶存，滿目瘡痍災劫，少年嘻笑廢墟，熱鬧又荒涼，無秩序無禁忌，直是末日過後第一天。

我忽然想起從前還沒有這些集體活動時，某年幾個朋友說要去山裡跨年，年末半夜，眾人騎摩托車往山裡奔去。途中山霧大起，騎著騎著，苦冷不堪。有人問，是不是折返算了。又有人說，都到這了就繼續騎吧。

如今實在想不起來，那晚為什麼要特特的到山裡去，也許是為了洗溫泉也說不定。

總之，我們在路燈慘白的山路上爭論到底要不要繼續前行。燈下白，燈外黑。忽從山中遠處飛起零星瘦弱的煙火，紅的，黃的，啪啦一聲，燦燦一朵小花，瞬間被山影子吞沒。然後又是空的寂的沉默的黑黯蜿蜒無盡的山、路、燈。

我們像一群年輕人該有的樣子，歡呼了。在前無村後無店的黑夜裡聽見自己吶喊的回音——煙花是暗夜行路的青春物語。

晚春食事

朋友送來一個淌著蜜的蜂窩塊，當天摘的，金黃蜜汪著密密麻麻的蜂房。新鮮蜜有股野味，清冽的甜，鮮得有點嗆，像陽光曬在蜂背絨毛上的氣味，也像是蜜蜂的小手小腳來回摩挲產生的味道。蜜放久了，甜味漸漸溫馴圓滑，想是這股野味消失之故。隔天下午嘗起來，就是一般的蜜了。這由激烈漸趨和緩的甜蜜弧線恰似愛情的道理。

含著嗆鮮的蜜，我幾乎聽見成群的蜜蜂嗡嗡振翅。幼時我曾被庭院樹藤裡的一大窩蜂螫過，蜂擁而至的特殊氣味和聲音至今記憶猶新。那次蜂螫我送了急診，還在家休養好幾天。大人將那窩蜂打下來，蜂窩碎塊裝在廣口玻璃罐裡，蜜汪汪，我頭纏紗布，拿鐵湯匙挖著吃，淚汪汪。蜜嗆甜，鐵匙子腥，心裡又恨又樂，又甜又痛。

有新鮮的蜂窩表示春天到了。

春天到了偶爾也想吃魚。許是「桃花流水鱖魚肥」一類時令詩詞影響，我總覺得春天與野菜和魚有關。魚的處理煩瑣費功，烹調常失敗，腥氣破爛相，吃起來又一小口一小口，不俐落，所以我不但不會做魚，連生魚都不認得幾種，只認得裝在盤裡端上桌來的模樣。我常覺得，能做魚料理且懂得吃魚的人，必是細緻人。我自己真要買魚，只能到館子買兩條蔥烤鯽魚——這時節春蔥也挺好——這樣，就算是吃過春魚了。

某日忽念及魚湯豆腐，上網查半天仍不得要領，便想去傳統市場走走，看魚販給甚麼建議。我猜想只要是傳統市場的攤販都親切，會明白告訴哪種魚該怎麼吃，也會特別幫忙挑選。

我去的時間近午，大部分魚販都收了，只剩四五家還寥落擺著，其中一家聚集幾個主婦。我想，有人光顧必是較新鮮的，也就湊過去看。

那魚販是個五十許的男子，精瘦有神，他一看我便知是個生手，所以也不告訴我哪種魚的價錢多少，知道講了也是白講。我目光茫然看了眼前的魚一圈，他就準確發問了：「你要煮甚麼？」

「煮湯。」我說。

他指著兩種魚說，這兩種都可以，看你是加薑，還是要味噌。

那兩種魚一銀灰一鐵灰，看起來都面熟，我不好意思問它們的名字（到底在客氣什麼我）。其實問了也無用，內心掙扎了一陣，我想起淡水魚彷彿有泥沙味，便問：「是海魚嗎？」

旁邊的太太們也不挑魚了，都停下來看我。

魚販說：「不然就這個和這個。」他指著另外兩種魚，一銀灰一銀紅，我也覺得眼熟。

某個太太便說：「是要煎還是要煮湯？」「煮湯呀。」「這兩種都可以啊，你挑一個。」

「對呀，挑一個。」另個太太說。

現在大家眼睜睜看著我，興味盎然等我做決定。我冒汗了，我知道這個選擇有優劣之別，只有一條魚才是正確的，只有一條較新鮮——而她們每個人都知道是哪一條。

管它呢。我指著銀紅魚說，這條。純粹因為它看起來比較和氣。

「對啦！這條比較好！」眾人紛紛滿意地笑了，只差沒拍手喝彩。魚販便告訴我那魚的名字。

有個婆婆走過來問：「你們在看啥？」有人解釋，這婆婆說：「真無彩唷！這麼好的魚煮湯！嘖嘖。」眾太太霎然黯淡，訕訕各自低頭揀魚。

我還是買了，偏偏就拿這麼好的魚煮湯了。

鹹酥雞

不知台灣何時何人開始吃鹹酥雞的，更不知道是哪一攤哪一地最早開始這生意。有一說是台中，另有一說是高雄，這兩種說法都頗有可能。台中人擅於開發各種新的飲食與休閒方式，而高雄如此生猛有活力，也極可能發明這簡便的零嘴宵夜。現在一切的起源自是不可考，我只記得遠在一九八〇年代後期，台北的夜市已經偶爾可見這種攤子了。當時大概也沒有人料到這麼油滋滋的食物可以風靡全台吧。

鹹酥雞有時又叫鹽酥雞，端看攤販訂製招牌的選擇，並無定律。這其實就是個油炸攤子，將客人選定的各種食材當場切成小塊下鍋油炸，起鍋撒上胡椒鹽辣椒粉和九層塔葉即成。食材選項各攤都相似，既然叫鹹酥雞則一定有小雞塊和雞排，此外還有各種內臟、豆類製品、魚漿製品、蔬菜、花枝、米糕米腸等等。

重點還是那鍋油，好的壞的都是這油。切成小丁塊的東西拋進熱油裡，魚丸甜不辣和百頁豆腐特別膨脹翻滾，瞬間燙得嗶啵發響，非常刺激熱鬧。有些攤子還加上九層塔一起下鍋炸，辛辣的香氣爆炸嘶嘶散開來。九層塔確實妙招，若少了這九層塔的提味，鹹酥雞免不了油腥氣噁心。

路邊攤的油炸食物一般食評都不入眼，大概因為這油反覆炸，太不健康了，且做法簡便無調理可言。這道理人人知曉，可是鹹酥雞攤子到處都是，攤前的人從沒少過。我住夜市附近，日常活動範圍經過好幾個鹹酥雞攤。它們永遠燈泡透亮，再小的攤子都有人排隊，其中有一攤甚至還擺出小桌椅供排隊者等候，足見這一庶民小吃深入民心。

中文寫炸物的小品文極少，本來中華飲食就以蒸炒居多，不像日本常吃天婦羅或炸串。我想在中華料理而言，炸只是烹飪手續之一，通常炸過都還燜煨，像《紅樓夢》裡的茄鯗。傳統炸物多是甜點，如奶油炸麵果或炸麻花元宵之類。中文作家喜寫的小吃多半是米麵食品，從梁實秋到舒國治皆如此。早年戰亂所以吃得簡單，如今也還這麼著，也許文人的脾胃都清雅吧？而真要寫炸蝦炸魚炸豬排，懂得吃還不夠，也得懂那裹粉功夫才行，若沒功夫，至少得讀過許多筆記雜談，做點考證才好。炸物文章我看過周作人寫炸油條，簡單一個小吃都能引出那樣多的古人筆記來，連蘇東坡的謫官心情都寫上了，也是一絕。

鹹酥雞好吃但不健康的道理就像政治之於台灣人。一般台灣人避談政治，可是選舉一來，敲鑼打鼓掃街拜票，滿城插旗，滿天耳語和謠言，氣氛熱滾滾如烈火烹油，大家便激動興奮起來了，嘴裡說著厭煩，日子到了還是默默懷著期待去投票。票開出來一定還意猶未盡，吵一陣子，吵煩了又說，哎政治真討厭。大家吃鹹酥雞也約莫是這種又愛又怕的心情。

選舉開票日，眾朋友都說，鹹酥雞配啤酒看開票，最是爽快。想來也是合情合理。

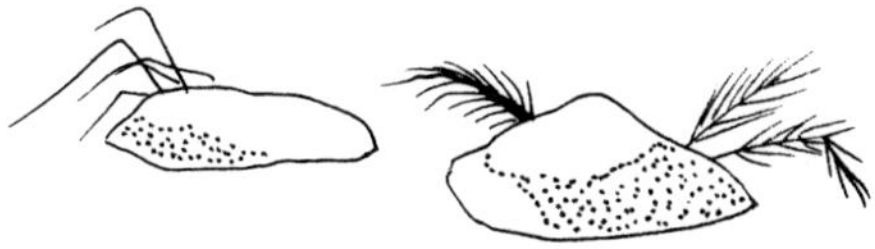

七月午

盛夏七月午，乘朋友車經高雄左營。走的不知甚麼路，沿路都是樹，鳳凰樹榕樹欖仁樹尤加利，一程又一程。蟬鳴綠蔭裡，日光灼且白，街上熱得沒人。這路好長，兩旁平房社區，天寬地闊。房子不大，正方格局，灰瓦白牆，間有紅瓦。家家小紅門，門戶緊閉。小院內外草木清華，或有青苔覆瓦，亦十分清潔，無破落相。一眼看去，是道地「人家」景象。可想見他們的生活，早餐牛奶荷包蛋，晚餐四菜一湯另有一小缽紅燒肉或獅子頭。小狗有排骨小貓有魚。從容謹約，一方晨昏，一方好日。

這是南台灣常見的炎熱寂寥的夏天，靜，滾燙，黏膩可喜如一鍋熱糖漿。

我們繞進某條寂靜小路，這路進去一小段，十字路正中是個花台圓環。圓環裡一棵青青大榕樹，樹下幾張白鐵椅和藤椅，竟還有一座蓋頂四人鞦韆。樹幹掛鄰里公布欄，貼停水停電公告、疫苗公告等等，還插一杆泛白發鬚的旗。四下無人。

我說，欸讓我下車看看這地方。於是我們坐進那鞦韆架內，欸乃晃蕩起來。鞦韆內懸一只金色電池鐘，竟是準的。有些鋼杯和白瓷蓋杯隨意放花台上。花台邊有張小孩桌，上有象棋枰。看來人們只是暫時回家午飯睡覺去了，黃昏時還要再出來聚的。

這一區四面的房舍有新修過的黑瓦，幾戶磚牆龍眼樹，甚至還有扶桑花樹籬牆。

我急問：「這甚麼地方？好完整是舊日剪影。」

朋友笑道：「你呀！看看這旗，你說呢？」我轉頭去看才突然理解，那不以為意的泛白大旗是青天白日滿地紅。

我說：「咦這是眷村？這不像我看過的。」另一朋友道：「這特別，我們一般眷村也沒這樣。」

長天老日。久久，一汗衫短褲老爺爺踱步過來。他走路極慢，我們暗暗擔心他也許要摔跤了，然而他挪著挪著，窸窸欶欶，也就到了。他走近了才看見我們，我們起身讓坐，他愣了愣，因為我們沒招呼某某爺爺，他知道不是熟人，擺擺手，坐到藤椅去。

坐定，爺爺高聲向我們說幾句話，兩朋友中一個聽懂了，接了話。其實只是笑問客從何處來這樣的寒暄。爺爺摸出一只小收音機，旋開頻道，音量放得極低，閉目專心聽了起來。那是平劇或崑曲一類的曲調，我不知現在還有這樣的廣播節目，更不知他耳朵那樣背，是不是真聽得見，或者，這是他熟悉的語言和曲子，所以每個轉折他都聽分明。那調子像一張久遠的唱片，圓環裡的時空悠悠一變，裊裊光陰在外頭烈日下蒸散如煙。

一條黃狗頂著太陽沿牆走來，啪嗒啪嗒繞過圓環外圍，緩緩走向另一條路去了。一隻黑白貓在牆上樹蔭涼處瞇眼。小女孩騎腳踏車唰地經過圓環，車籃裡是琴譜。

她叮呤叮呤按車鈴，老爺爺盹著了，沒聽見。

城裡的狗

台北街頭現已不見流浪狗了，這個城市習於驅趕藏匿落魄失意的靈魂。能堂堂正正在路上蹓躂的，都是有名有姓有戶口的。牠們有主人，有狗繩狗牌，還有晶片植入。牠們看起來乾淨，天真，步履輕快，神情穩定，名門正派。牠們的鼻子濕潤，毛色光潔，尾巴快樂甩動，沒有一點慘惻，也沒有悲涼或飢餓的表情。如果幸福是一種眼神，就是這樣了。

多數人喜歡在晚間遛狗，因為晚上人車悠緩，而且避熱。晚餐後過了九點，街上人車漸少，狗兒就紛紛下樓來了，由主人牽著，人行道上這兒嗅嗅那兒扒扒，嘀咻嘀咻沿著固定路徑，一小灘一小灘撒過去。狗兒盼了一天，就等這個時候。牠們成天在高樓裡掛念著那些留了氣味的電杆樹幹磚牆以及轎車輪胎，牠們非常介意隔壁鄰里的那些犬類是不是已經先馳得點了，牠們也非常在意路線是否固定，要是巡漏了哪個轉角，那糟了，牠們會繞樹三匝，拽著繩子徘徊不走，絲毫馬虎不得。

晚上遛狗的多半是男性，這大概是倒垃圾之外的另一項男性家務責任——說到底，也還是男主外。這些男主人穿著圓領白汗衫寬鬆米褐格子短褲，隨便趿著拖鞋就出來了，亂頭髮，一身白肉，挺著小肚子。雖說是遛狗，也是遛自己，不無借機運動之意。他們和狗遛在一起，路人看的自然是狗，這些男主人便成為狗的配角，無足輕重且面目模糊，他們蒼白略胖的小腿在狗的前導之下，更相形失色。男主人負責且認分的一手拿鏟子和塑膠袋，一手牽狗，暫時遠離辦公室的業績和家中瑣事。狗兒壓低鼻子在地上聞嗅，尋尋覓覓忙得不得了，他們則是晃悠悠，不疾不徐。急也沒用，能跑哪兒去呢？他們自己身上也繫條隱形的繩子，早已經馴服了，不再幻想奔跑或脫逃。這樣一人一狗在夜街上緩緩走著，一樣的路徑，一樣的時間，一棵樹一杆燈地挨過去，也是太平風景。

當然馴服的男主人還是有著急的時候。兩條狗遇上了，彼此看不順眼，齜牙咧嘴相互咆哮，主人得立刻斥喝拉開。更糗的是兩條狗看對眼了，糾纏不清，甚至在街上尾隨不已，兩個大男人更著急，尷尬得像是自己的心事露出馬腳，拉開之後還羞紅了臉，貿貿然走開。

或者，當他們經過流浪貓出沒的路段，貓高踞牆上炯炯看著，狗便露出了極大的窘態，牠又咬牙地恨，又切齒知道自己的自由就這樣一點點，內外交迫，匆匆作態吠了兩聲，算是宣示主權，就狼狽地拉走了。而貓兒只是事不干己冷冷俯視這騷動，一步也不曾挪。

如此這般巡了一圈，有些狗就皮了，漸漸露出犬類的本性，野了心不願回家，硬是賴在公寓大門口不動，撒嬌耍賴。小些的就哀哀的被一把抱了進去；大型的狗不汪汪叫，而是眼汪汪看著，一屁股坐定，任憑主人徒勞拉扯，牠依舊八風不動。

每見這樣抗拒景象，我就非常同情那狗，我懂那心情。

清晨

城裡的清晨漫長遲緩，所有人和灰暗的天光一樣，掙扎，拖，惱，恨，八點之前一城鯉缸華廈怔忡朦朧不願醒來，連公車駛過的聲響聽來都昏昏欲睡。這種僵滯的時候就特別覺得文明系統鏽蝕嚴重，它不嘎吱兩聲磨蹭一下是動不了的。等它真的順了，也就近午了。我有時想起鄉間轉瞬即逝的清晨，一眨眼就天光大好醒得通透，五點鐘鳥語花香，著實不可思議。

偶然早起的清晨是生活中愉快的意外，它不在日常的活動節奏裡所以無事可做，它不在行事曆上所以沒有任何安排，空白閒散，像一段不勞而獲的假期。

難得早起的清晨我絕不出門慢跑。既然如此難得，我很願意慢慢兒消磨它，我會晃出門去買早餐，看鴿子在人行道上踱步，跟在流浪的小黑貓後穿越空曠的馬路，看高中生背書包慘淡疾行——是了，這種酸澀恍惚的清晨是青春的重點。然後我好整以暇坐在客廳裡看報紙，喝咖啡，歪坐沙發上，發呆。早起的腦子那麼舒坦，朝生暮死，做任何雜事都太可惜了。

通常這樣的早晨太愜意，我反而時常誤了出門的時間。

熬夜的清晨和早起的清晨不同。熬夜後的清晨不那麼明亮清新，它有一絲著急，手腳青白腫脹，透白欲曙天像是昏沉的幻覺，也像是眼睛疲倦產生的視差。透過簾子急速湧現的日光像電影散場的燈，不知該說它催人去睡，還是說它催人醒。不論你原來做著甚麼看著甚麼玩著甚麼，都該倉促收尾，再不得已也得放棄了。

每個熬夜後的清晨我像奮力抵抗終究廢然投降的兵卒。

當然清晨還有鳥鳴，且鳥鳴時間遠比日出早得多。也許夜氣、日光與朝露的細微變化於他們而言顯著如同晴雨之別。住處附近的麻雀總是很早就開始喧鬧，他們放肆大鬧一陣子，某種呼咕呼咕愁腸百轉的鳥就跟著叫了，這種鳥啼聽著很辛苦，悶悶的，一口氣上不來，我常常一聽見就再也睡不下去。

幾次在辦公室留過半夜，明明還夜黑，距離天亮還早，窗外路樹上某隻鳥就嘎嘎啼了。他的叫聲沙啞尖銳像烏鴉，聽來也就一隻，卻驚心動魄直條條響徹稀星明月孤枝。一過半夜，他總這樣持續嘶喊不停歇，喊得人心慌，所以一聽見他啼，我就匆匆收書走人。我常想起日本都都逸名曲「三千世界鴉殺盡，與君共寢到天明」，雖無這等綺艷纏綿，但也能約略明白鴉啼懊惱的心情。

鴉啼走人的時候雖然還夜著，偶然幾次碰見像是晨跑爬山的太太們。路燈下我們斜眼打量彼此，我覺得她們未免太早了，摸黑上山難道是趕著山寺的第一炷佛香嗎。她們想必還覺得是我太晚，這甚麼時候才回家的傢伙，絕對是臨時抱佛腳的了。雙方匆匆錯身，她們已在燒今日香，我還留在昨天的佛前。人鬼殊途，幽明一理，路燈下打個照面，就過去了。

歲時記

秋風（秋分）

秋天總是突然現身。前一天還豔日高懸，我們在太陽底下無所遁形炙了一天，次日醒來，就看見日影都淡了。陽光繼續南向過赤道，風跟在後面嘩嘩地來。風一大，天就高遠，像是風把日頭吹散吹薄了。人心也吹得鼓鼓，輕易就浮起人生萬物興衰之感。

然而這還不到悲秋的時節，因此興衰也還僅僅醞釀在心底。滿山的樹在風裡起伏，翻過來，綠的，翻過去，白的，激烈而高亢，像是那山也滿懷時代思想而騷動。雖然日頭還曬，可是這種日子撐不了陽傘，一撐，就要遠走高飛了。

校園裡有幾棵椰子樹長得非常高，高得超出視線，平常反而不知道它們站在那兒。大風的日子裡，它就突然從高處抖落一片大葉子，扎扎實實砸下來，把人嚇一大跳。它們極善用少數的葉片，每一片都擲地有聲。幾個男孩女孩驚叫「椰子樹落葉耶」，一邊撫著心口慶幸沒被砸中，一邊神經質笑起來，幾個人高興得哇啦哇啦，拿出手機拍照。日常生活裡小小的驚嚇危厄，毫無傷害，平添笑柄談資而已。

可是這高風吹了一整天，夜裡還不停。少了白日快晴，風聲更是悲涼。城裡的街道像秋風一樣長，整排路樹蕭索抖一陣，靜一陣，又抖啊抖抖抖，又歇歇歇。這是它們的秋聲賦，極其簡單的韻腳，極其複雜的節奏。一路一段，接續唱下去。

河邊大路旁有株龍眼樹隱在小樓後，路燈一盞白一盞橘，前後交逼映著它，亮晃晃的，所以這棵龍眼便不像其他樹那麼悲切。此刻它像一個受到過度注目而欣喜異常的肚皮舞孃，猛力甩動全身的枝椏，深綠肥碩的葉子自由自在往四面八方舞動，彷彿要散了可是又好好的。她那麼興致勃勃，嘩啦嘩啦扭呀搖呀，是她自己的流金歲月。葉縫透出一會兒白光一會兒橘光，閃閃爍爍——即使她拔腳離開原地，像卡通那樣跳到馬路上來旋轉，我也不吃驚。

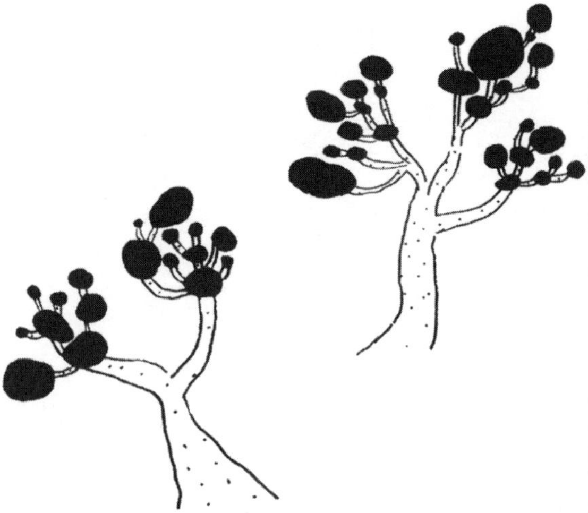

抖動歡慶的樹使我想起費茲傑羅的小說《夜未央》裡我非常喜歡的一段情節來了。在巴黎，荳蔻年華的女主角蘿絲瑪麗徹夜狂歡的宴會後，坐著堆滿胡蘿蔔的貨車回飯店，在胡蘿蔔的清香中她難過地想著自己的戀情。車過香榭麗舍大道，天已大亮，城裡的人已經開始這一天了，可是她的心情還留在夜晚的歡笑裡。她看見一株開滿花的巨大七葉木橫綁在大拖車上，一路抖動搖晃，彷彿大笑著，如同一個漂亮的人雖擺著不莊重的姿態卻仍自信十足的知道自己是漂亮的。這情景使她愉快，一切都因為這樹的笑而變得明亮美好。

我著迷地看那在金光銀光中狂舞的龍眼，也像白日裡看見椰子樹落葉的學生那樣，莫名高興。

冬雨（立冬）

誰也不知台北是雨先來，還是冬天先來。

我想是雨先來的。常常是天高氣爽好個秋，過後下了兩天悶熱細雨，花樹微茫，每天撐傘出門，慘雖慘，初始還覺得像宋詞小令，慘中帶雅。可是天天踩著濕鞋出門，騎車時一蓑煙雨，等紅燈時伶仃無告，攔計程車時，斷雁叫西風，漸覺不堪，怨氣沉沉，剩得一個慘字，那就是冬天到了。

流行歌常提到台北的冬雨浪漫——再怎麼難過的事，入了歌詞都美。冬雨總是淒清孤獨，青灰的樓藍灰的天，眉眼蒼茫。這些歌詞雨景有些在街頭，有些在車站，有些打在臉上化雨成淚，或是傘下相逢淚如雨。而台北的冬雨也確實適於分手、離別、偶遇、相思這樣牽扯不清的事，因為它真就這麼，這麼，這麼慘。清淡中有悽苦，濕答答陰魂不散。冬雨不大，要下不下一絲絲，從腳底涼上來讓人刻骨銘心。沒有誰能夠在這樣的雨裡爽利地道別或遺忘，擁抱或牽手。事實上，沒有誰能夠在這樣的雨裡爽利地做任何事。

這天匆匆出門時我看天色是陰的，一時心存僥倖，也許今天不下雨吧，就不帶傘了。說來活該，這麼多年我老學不會，台北的雨沒有僥倖，它比八字更注定。果然午後就下雨了，比雨絲更密些，慢吞吞的，像是連這雨自己也下不了決心要不要作為一場雨。

滿街的人都停下來，看看天，摸出一把傘，撐開，繼續趕路。世上原來有這麼多有備而來的人。我狼狽地以書本覆額擋雨，低頭小跑。其實我不怕雨，而且很樂意雨中散步。與其說這尷尬小跑是為避雨，倒不如說是眾人皆傘我獨無，單為這太明顯的散漫表示悔意，表示我其實和大家一樣不願淋雨，以便快些終結這難堪的雨中獨行。

故作狼狽狀跑一小段，偏偏在鬧區被紅燈擋了下來。我退回騎樓，和眾多收傘的人站一起。拿出手帕擦臉上的雨，不自覺歎了一口氣。

綠燈放行時，我再度以書本覆額，匆匆走上人行道。初走幾步都還沒發現，到了斑馬線上，我才感到不同。

有人在後面幫我撐起一把傘。是個陌生人。我非常難為情地向他道謝，他說：「沒帶傘你能走多遠呢？」不知怎的這話聽來寓意非常。

過得馬路，我慌張點頭道謝便走，他又說：「這傘你拿去吧，你看來還有一段路走。」我堅辭，說另買一把即可。他淡淡說，沒關係，他要去的地方已經到了。

我覺得這人怎麼話裡有話，彷彿仙人指路來了，心裡非常恍惚。他遞傘給我後轉身走開。

路口人多，來來往往擦撞磕碰，我站在騎樓下空撐著那傘，又不敢追上去，又不知該怎辦，忽然感到這真是茫然的十字路口。

走幾步，漸漸回神，手上傘柄觸感特殊，我突然發現這是一把非常精良的英國名傘，我必須還回去。回頭去追，那人早不知去向了。

寒流（冬至）

沒來過台灣的人以為亞熱帶不冷，其實沒錯，不下雪就給人溫暖的印象——再冷也不致冰封千里吧。且此地樹木一年綠到底，即使是冬天，台北仍綠意盎然。

可是嘗過台北冬天滋味的人都說，實在冷。北歐來的說比北歐冷，北美來的說比北美冷，東北來的也說，冷。百餘年前傳教士馬偕醫生曾感歎這種濕冷令他十分想念加拿大乾冷的松香。這冷不是來自冰雪也不是來自緯度，它扎扎實實的從空氣冷進骨髓裡，因為這冷來自連月陰霾、霪雨綿延無日照的濕氣。每一釐米的空氣都飽含冰涼的水氣，滲進衣服、褲子、襪子、棉被、皮革裡，它綿裡藏針毀壞你的抵禦，讓你從骨子裡打冷顫無所遁逃。

我們常聽祖輩講，現在這哪叫冷，從前冬天有多冷呢，有時晨起地上還結霜，或是窗上結霜花呢。冬寒若此聽來不可思議，有奇異的古遠素樸，彷佛寒冷也是歷史的一部分，在民俗筆記裡聊記一筆，而眼下無止境的濕寒是現代人的罪過與宿命。舊時民俗考察書上寫，農曆十一月，新店附近獵獲貂、山貓、烏腳香等獸，上市求售，乃禦寒聖品。不過百年，由今思之，過眼皆空。

那樣的年代永遠消失了，不復存在的寒霜令人懷想，那是四季分明有餘裕的自然生活。冷得結霜的日子烤小火爐在灰上埋橘子皮，冷玻璃窗上哈氣寫字，融去霜花，看滿山樟樹青凍凍。

可是我們已被歷史棄置在現代水泥的縫隙裡，僅存受詛咒的暴冷暴熱和暴風暴雨。我們失去了自然循環的時間，只能在無垠且無差別的水漬裡鑽來鑽去。寒流一來，還是冷，景象卻完全不同。這城灰暗、滴水、冷得猥瑣莫名。不知何處飄來的無邊無際的冬雨彷彿過度垂憐這盆地了，一再一再清洗它，可是這像浣熊洗一塊方糖，越洗它越消融，越洗它越整個兒散形了。

有人說天有異象，這雨是末日序曲世界要完了，有人說這是聖嬰現象無須驚惶（哎這聖嬰也鬧十幾年了，誰去勸勸祂長大吧。）嚴峻淒涼的條件下，傳統默默從身體的官能裡復出召喚。雖然偶爾想喝肉桂蘋果茶或熱可可加白蘭地，多半的時候身體自然想念傳統吃食。冬至吃湯圓的日子確實冷得該吃一碗摻了薑的圓仔湯，於是大家都興沖沖吃了。臘八該熬臘八粥的日子也正是凜凜小寒天，所以大家也都桂圓紅棗紅豆花生這樣熬了粥。寒夜寢榻聞見大樓不知哪戶人家燉燒酒雞，暖香，整棟樓為之微醺。最要不得的是，冬雨夜常想起〈燒肉粽〉這首歌，自己莫名折磨自己。

冬天每日滾湯滾水吃喝不停，天還繼續冷下去，不知是何了局。

過年（春節）

從前我以為過年習俗無論哪裡都差不多，大致上都是做年糕、吃年夜飯、貼春聯、放鞭炮送紅包等等。後來我才知道，大事各地皆同，但小事各有殊異，這些小差異就成了各地不同的景致，是地方文化，也是個人回憶的底石。

我生長在台東，父系籍貫彰化的泉州人。台東的人口組成和台灣其他地方不同，福佬人不是多數，且原、閩、客、外省混居，各家過年規矩殊異，率以為常。家裡爺爺不信神鬼，家中不設牌位，從不祭神祭祖，也不管民俗規矩，農曆只參考端午中秋和新年，所以過年只在吃食和擺飾上講究泉州老規矩，拜拜拿香的事則一律免了。

後來看王詩琅的《艋舺歲時記》，發現泉州人的吃食習俗真是到哪裡都一樣。

過年是齊齊整整的飽日子，冷颼颼，甜滋滋，清潔閒散。客廳桌置裝滿糖果的梅花漆盤、一疊年粿、紅棗甜茶、滿盤瓜子、大柑橘和紅緞帶水仙；院子裡金黃菊盆栽；門上貼春聯。廚房外掛風雞和臘肉，除夕飯桌上有魚、長年菜、餃子、炭火鍋。過年期間講話也多避諱，不掃地，也不可打破碗盤杯匙，更不能哭。

彼時覺得過年特別神祕，彷彿器物和禁令都突然有隱形魔法決定生命起落。正是因為平時家中少有神鬼符咒之事，事事力求現代，然而除魅除不盡，所以我反而因陌生而更加害怕一切符號禁忌。

過年照例是來來往往四處去拜年，我們有時跟著父母出去，有時也跟其他到家裡來拜年的親戚孩子回他們家去玩。每次去，母親總要再幫我們梳一次頭髮，再讓我們添件衣服，再三交代，不可沒規矩，不可隨便接受禮物，不可亂講話，看見大人要記得說吉祥話，紅包可以拿沒關係，不可吃太多零食，不可在人家裡吃晚飯。嘮嘮叨叨的規矩，扣子一顆一顆扣緊。我平時很少出門，所以總是滿口滿口說好好好，扭著往外走。

某年，我當時也許已經十一二歲了，跟著其他孩子到某個不熟的親戚家去拜年。雖然不熟但我非常想去，因為他們買了錄放影機。這機器在鄉下地方普及得很慢，我覺得新奇，無論如何一定要看看。

我忘了那親戚家做什麼生意，只記得那家裡有非常多頭髮飾品，髮夾啦、髮箍啦，綁頭髮的彩色橡皮筋或緞帶，鑲小水鑽小珍珠小蕾絲，還有草莓啦糖果啦米老鼠小兔子這些可愛形狀的墜子。我一開始還不太注意這些小東西，只著迷看日本電視劇，還記得看的是一大疊舊的拷貝帶《子連れ狼》（我那時以為是「子連水狼」）。

雖是人生第一次看錄影帶，小孩的耐心畢竟有限，劍術打殺還看得津津有味，哭哭啼啼的部分就沒興趣了。我轉而去研究那些髮飾，那家裡年紀較長的女孩一一拿給我看，解釋說這是做甚麼用的，那是怎麼別上頭髮的，還讓我試戴幾個。她其實沒長我幾歲，可是已熟知這些飾品的使用要訣，我連連稱歎——因為父親一向不喜歡我們特意打扮，也不喜歡我們穿得太花俏，所以我生活裡從未見過這麼光彩琳琅的東西。

正玩得高興，母親來接我回家。她見我又綁著緞帶又夾著珍珠夾，手上還拿著水鑽梳子，臉色就變了。我看得出來她雖然笑著說客氣話，但是心裡很不高興。

我趕緊都拿下來，乖乖跟回家。後來母親也沒說什麼，只說，家裡沒有的東西，你再怎麼羨慕別人，也不可以表現出來，免得別人在心裡笑你，捉弄你。

我想那次過年大概真犯了甚麼大忌，我後來與珍珠水鑽可愛之物了無緣分，倒是從此迷上了武士劍俠故事。

上香（正月）

過年假期不少人四處上香祈福，觀音寺、媽祖廟、土地公廟或王爺廟當然少不了，財神廟這樣功能明確的神祇，更是香火鼎盛令人咋舌。

這幾年我常到各寺廟走動，本意是想瞭解民俗，後來發現民俗跟宗教分不開，所以我也就開始學著拿香拜拜，學那步驟和忌諱，逢年過節也誠心誠意點光明燈許願。看見百年老廟，除了研究它的來源和宗邑，也特別注意它的籤詩、設置和信眾。

有些人在大年初一天未亮就在廟門口等開廟門，好搶頭香。看人搶頭香是個樂趣，這是有門道的，不懂箇中規矩肯定搶不著。那特特來搶的人必是有非他不可的決心和理由，他絕非臨時起意，而是平時勤在廟內招呼，添香供養，熟知規矩門路，連廟門到香爐之間有幾塊磚幾步地都摸得油熟，大概也在神前發過弘願，也立過甚麼誓了。他可能在地方上有些人脈，平日使任俠氣，在閭里間算是頗露頭臉，少年劉備似的人。這樣的人大年初一擎著大香上廟門來，大家見了他，寒暄兩句，恭喜呀新年還請多照顧，有些人識相，就不跟他搶了。

吉辰一到，廟公一左一右咿呀開門，門外眾人大喝一聲，箭步奔前，一股狠勁捨我其誰，往那大香爐上猛插香。平日香枝如密氈的爐子這天淨空了，爐底香灰勻得平淨，第一個插香上去的人便享有這一年最大的神佑。搶得頭香的人滿面紅光志得意滿，豪氣干雲捐出大筆的香油錢，以明己志。眾人恨且羨，可是大年初一也不好動氣，虛情假意道賀一番，文明與和氣都維持了。

年後我到淡水一趟，午後四點綿綿寒雨。淡水老街已夜市化，遊人雜沓喧囂不堪。我初感失望，繼而轉念一想，這港口本來就是貿易起家，百餘年前還是北台灣第一大吞吐港，當時和現今一樣，有貨便賣有錢便賺，絕不遲疑扭捏，如今這吵鬧景況也算是乃風猶存吧。

過福佑宮，我避鬧走了進去。外面是那樣喧鬧不堪，一進門就忽地靜了，肅穆了。這廟歷史頗久，是座樸素踏實的媽祖廟，不金碧輝煌，也不雕樑畫棟。香客往來穿梭，它也還是幽靜靜的，確實有庇佑一方的沉穩母性。上香的人們懷著自己的願望和憂愁，行禮如儀，跪拜、磕頭，偶聞擲筊聲清脆，此外再無人語——和神祇說話是不需外音的。

我點一盞燈，捐了小錢。我插香的時候喜歡斜斜插在香爐邊上，大概我心態上還很怯生，覺得自己不算真信徒，不敢理直氣壯。廟內透著一點天光和大燈籠的黃光，線香裊裊昏昏，微暗微明，彷佛先民世界依舊。廟門外遠遠對著淡水河面，雨霧迷離，可想見百年來都是這般千帆過盡的景致。

這廟的高度恰好避開其他的樓，所以百年風景不改，媽祖確實是隔著珠簾，隔著殿堂香案供品香爐和廟門，遠遠望著河面船隻。此時即使有單桅紅頭船悠悠駛過，我也不吃驚。

出得廟門，又是人潮。這年是兔年，廟方在側門擺了玉兔迎春的大紅照相立牌，大喜大俗。那兔身上挖個洞，人臉可從中露出照相。雖然無甚意義，大人小孩興高采烈排隊等拍照。襯上紅底金黃的兔臉，每張臉笑團團，看起來都像包裝盒裡的餅。

我也拍了一張，醜甚，卻莫名為了這樣無聊小事笑半天。拍得醜也高興，冬雨苦冷中笑鬧不已，可算是另一種風調雨順。

炸寒單（元宵）

台東每年元月十五炸寒單爺（邯鄲爺），男女老少傾城而出，縱橫雜沓，騰騰如沸。午時還未敲鑼打鼓吹嗩吶，大市街兩邊早擠滿人。我小時以為炸寒單是普遍的年俗，後來纔知道台灣只有幾個地方還遵循，而且真人扮寒單肉身受炸的，僅台東一地而已。

寒單元帥據說是庇佑商業的武財神，所以沿街商家都設香案，希望神轎到店門口來過一過。前導的元帥宮陣頭迤邐甚長，鼓吹隊後是各式陣仗，有舉木牌子和華蓋的，有面目猙獰彩繪的八家將，還有一群神佛護體刀槍不入的裸身壯漢持刀劍自砍，且陣且走。寒單神像很小，轎也不大，不是媽祖出巡那種龐然大轎。這輕便小神轎由幾個敏捷機動的壯漢扛著，每過設香案的商家輒大聲喊叫，猛衝三下點地。神轎桿子很長，那寒單神像便激烈上下抖動，這就算是賜福了，商家忙塞紅包給前導的人。如此巡過一街後，所有的商家拿出預備的成箱鞭炮，圍觀眾人緊張翹首，重頭戲來了，肉身寒單的椅轎隨後就到了。

肉身寒單通常是個非常精壯的小伙子，裸上身，著紅褲，頭披黃巾，手執榕樹葉扇。他高企在藤椅改造的椅轎上，八人扛他。這支隊伍的鑼鼓特別響，行進緩慢，肉身寒單一手扶椅背，一手緩緩搖扇。來了，來了。然後，他向前舉起榕扇。

眾人屏息，捂耳，椅轎停頓。有人點火，嘶，燃炮。

炸。炸。炸。成千上萬的鞭炮扔向他，成串的鞭炮掛上他，流炮亂飛，震耳欲聾，硝煙蔽天不見五指，火光亂發閃閃不絕。煙霧中還見寒單忽隱忽

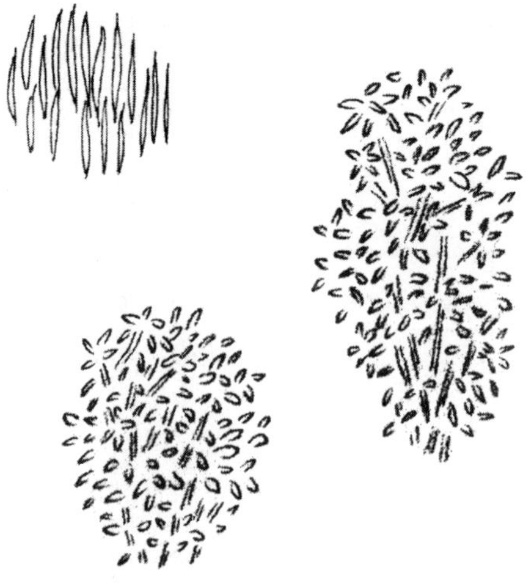

現，椅轎在原地繞圈。讓他炸。

炸得天都昏了，地都碎了。直到所有的火藥都燃盡，所有的鞭炮都成灰。鑼鼓又徹天響起，他們在煙霧中又復莊重前行，往下一個街口行去。圍觀人群興沖沖踩著一地碎紙跟上，等看下一輪轟炸。這一天，這個年輕人以他的身體成全所有人的祈禱。他暫時成神了。

我始終駭然覺得這是墾殖社會向天地犧牲祈福的儀式，雖然書上不這麼解釋。當天夜裡，全城人耳朵都矇矇的聽不清楚。如此炸過元宵黃昏，年就算過去了。

燈籠（元宵）

台北元宵前後多陰雨，年年不例外。中午天晴，黃昏時又滿城飄起雨絲。每年在煙雨濛濛中點燈、祭拜、燒紙、吃元宵。襯著雨絲，一切都幽幽。

也因為是這樣濕冷的天，每年的戶外大型燈會活動像是強顏歡笑，意欲遮掩台北的灰與寒。白日裡那些大型花燈極蕭索，天光下醜態畢露，拙劣、僵硬、蒼白呆板，死寂樣。濕漉漉淋著雨，很是淒清。妖異的是，晚上一點燈，它們便五彩斑爛活了過來，像是誰向這些大型物體吹一口妖氣，它們得了這氣，就機械式地繞圈、轉動、歡欣翻滾，有音樂有燈光變換，可是無靈魂。有時一想起它們白天的模樣，便不免對眼前這絢爛妖物感到些許恐怖了，這幾乎是三昧水懺，警世莫忘諸相無常。

但元宵雨的確另有悠遠意境，倒不一定要朗朗明月高高懸才是正月十五的氣象。煙雨中看見小孩挑竹棍子拎小紅燈，圓球樣，綠玉小流蘇一搖一搖，遠遠走過來，雨淋淋，那燈火分外楚楚可憐。我實在說不清，雨中的燈火為什麼特別清亮又特別孤獨，也許因為那是眾水包圍的一點火苗……

元宵黃昏，老廟裡的人忙著搬大供桌和金紙爐，擺置牲禮，堆放金紙，懸光明燈，也有人掃地、排椅子。廟口搭了台子，背景是螢光綠螢光粉紅螢光橘的山林景色，還鑲了閃閃爍爍的小霓虹燈泡，這實在讓人摸不透它即將上演的戲碼。有個燙電棒頭看起來很佻僆的男子在台上試音，各種可能的氣音都一再對著麥克風測試，認真得令人訝異他竟對一台野戲這麼講究。

廟的另一面牆上懸滿已經猜過的燈謎。這些燈謎非常文雅，都是適可而止的傳統幽默。燈謎是僅此一次的遊戲，滿牆的機鋒機智像免洗碗筷，一旦謎底揭露，就全都失去價值，不能再用了。所以它們現在看起來就只是「喔這樣啊」，不會再有絞盡腦汁的尖叫興奮和失望，沒什麼新鮮感了。

提紅燈的小孩踏著濡濕黑亮的街道漫地亂走，走上河堤。淡水河靜謐異常，黃昏河岸煙霧四起，將暗不暗的河邊上沒人——廟口戲馬上要開演了，眾人都張羅祭祀祈福做戲的事去了。這孩子彷彿自己也驚訝紅燈籠的艷美，兩眼睜睜看著燈籠，又把燈籠舉高給過路的人看。一路走，高高低低像蛾撲飛，看上去不像是他提著燈，倒像是燈籠收了他的魂，領著他走。

我想起小時候很喜愛的一只金魚燈籠。那是廉價紅塑膠製的，就是個模子塑出來的立體肥金魚，有魚鱗凹凸，魚眼畫得圓亮可愛，魚尾巴部位的塑膠極薄，很軟透。我喜歡它只因為那種薄紅塑膠透著燭光看起來紅艷艷，看久了覺得自己不存在，整個人溶進無邊的夜黑，魂都被攝進那紅燈裡去，化成條紅金魚在人世暗夜的大缸裡游。

那只金魚燈籠後來被燭火燒融，我懊惱不已。大人於是給我另一個不知哪裡買來的綴流蘇的宮燈，俗得不得了。這燈五角型，漆木架子繃著白色仿絹，五邊絹面上各印五個人物，是常見的水墨畫紅樓人物圖。我當時還不知道《紅樓夢》的故事內容，以為她們是歷史上的偉人，像《廿四孝》那樣的。這燈上人物描邊的筆勢很剛勁，每個人都稜稜角角的，不像《紅樓夢》而像是革命先烈，連林黛玉也像花木蘭似的荷著大鋤子，胭脂太紅，一對劍眉星目像要去砍誰。這宮燈實在沒法攝人魂魄，點上燭火它就模模糊糊發亮，像在祭奠那五個剛烈的女人。

元宵燈不知看過多少，也就只記得這兩只燈而已。

火炭催花（春分）

酸菜白肉火鍋的餐廳在巷子拐彎裡，天冷的時候，遠遠從巷口就聞見炭火味，淡薄的煙氣很香，我想是因為那炭燒得通透火紅，不嗆煙。我聞見炭火氣就莫名高興，這氣味是雀躍滾燙的晚餐，咕嘟咕嘟的肉湯，滾丸子，燙豆腐。

剛過去的冬天凜冽，而現正過著的春天也還莫名冷著。我覺得比冬天更冷，因為這一春是先潮暖了幾天，南風將水氣蒸進每一絲微小的罅隙，惹得滿屋子潤糕糕的，然後再狠狠地降溫。這就不是料峭春寒了，這分明是要把人凍成凍豆腐，不留情面，淒厲得很。

本來春天不適合吃酸菜白肉鍋這樣上火的東西，但實在太冷，所以立春後和朋友們去吃了兩次，一夥人吃得又暖又肥。吃罷了也不下桌，懶懶圍坐一起胡聊，伸手烤火，滿屋子火炭氣十分熱鬧，誰也不急著走到外面的濕寒裡去。

我喜歡看紅炭表面白灰飄飄，許多斑駁的小裂口，炭芯子紅一陣暗一陣，含著滾燙透明的焰，靜，卻又熱，彷彿它也有生命，心情起伏，蓄了許多感情。熠一整晚，它就在那爐洞裡一點一點化成灰。

這巷子裡的住家圍牆高聳，夜裡過了九點就分外安靜。儘管館子裡人那麼鼎沸，一走到外面來，還是台北常見的清冷寂寥居家小巷，門戶緊閉，路燈白，鐵門灰，黑柏油。

有人驚呼：「這花是怎麼了？這天氣，開了滿枝！」我們就圍過去看花。

館子隔鄰的人家圍牆裡一大株白杜鵑，一蓬一蓬花開得不可收拾，從高牆內嘩啦嘩啦水銀瀉地似的潑過牆來。冷夜寒燈底下看花團錦簇，尤為清奇。這杜鵑開得比校園裡那些都早，也更繁美。杜鵑長這麼高，應是有些年歲，花骨朵極密，氣韻蒼蒼。

我們也不管手發抖，紛紛拿出相機來拍，怎麼拍顏色都不對，焦距也對不準。夜色烏沉，白花青森森，怎麼拍都糊，像夢裡幽冽花魂，又像個甚麼緩緩現形的精魅。我想那白杜鵑是心羨人間煙火，動了凡心，所以興味盎然趴在圍牆上，盪著腳看來往路人，姿態妖艷。

真的是火炭催花了，是日復一日的溫熱炭氣讓它不知寒了吧。

我想起一則野史說武則天性子很急，為了逼牡丹在隆冬臘月開花，特別要人拿火炭到上林苑去烤花，炭火蒸騰，花葉焦炙，逼得那牡丹花神讓步，叫滿園牡丹都錯以為春天已到，就紛紛開了。我從前覺得即使是溫室栽培也難騙過花草樹木的季節本能，我以為天地花草各自有時，如今看來，這傳說還略有所本。

繁花美景遇上了，人花相照面，都在彼此眼中活了起來。恐怕過兩日，就一抔春泥甚麼也沒有了。一夥人讚歎一番，也無可奈何，花帶不走，只得看了又看，看了又看，記在心裡。

月牙少年（清明）

今年清明我沒有回去掃墓。少了這件正事，春假就是渾渾噩噩的懶日子。四天假是一段尷尬的長度，不算短，所以讓人期盼；也不算長，所以特別感覺時光易逝。一面不知要玩甚麼一面擔心馬上就沒得玩了，天天懊惱地算，還剩幾天啊這好日子。沒有甚麼比這種心情更明白青春不再好景不常了，真是一段佛性鍛鍊的假期。

慎終追遠的日子裡，懷著這種惴惴不安人生苦短如露亦如電的體悟，倒也恰當。

清明後我和朋友上山散步，沿路是墓園。平時這路非常僻靜，點點蒼苔白露冷冷，墓園瀰漫特殊的腐氣和破敗。這一天眾墳多已經掃過洗過拜過了，仍有些特意避開人潮晚兩天才來掃墓的家族。閒閒的，驅車登古原。四處飄著香枝的煙氣和白百合清香，一派整潔，草齊花鮮，神鬼安寧。雖然難說是歡樂景象，但這氣氛確實是塵世的，生命活動的氣味。那些來過的家人留下了花束、紙錢、殘香枝、水洗過的墓碑，也許孩子們曾在墳坡上跑跳，在墓碑前品頭論足，拿桶子潑洗。也許大人聚在先人墳前討論遷葬、撿骨、風水以及家族裡的醜聞或基因疾病。那些熱鬧的人走了，墳地上的草還染著他們的話語和祝禱，在微涼風中抖簌。

活著的煩惱和快樂都嘈雜紛亂，也許誰曾經片刻真心相待，擾攘之中飄萍聚散，然後相忘於江湖，各自毀壞，各自埋沒。唯有死是遲早的事，轉眼野草蔓生，寂寞向黃昏。

這一天黃昏來得又早又冷，瘦伶伶蛾眉月，勾著灰藍天，世界在遠遠的山腳下沉沉呼息。

迎面走來一年輕男子，不像掃墓也不像散步，像是偶途經過，弱柳似地走著。他拿本紫色的書半遮面，又不像遮日頭，更何況也沒日頭了，也不似為了避誰而遮掩。他以這書覆著右半和左面大半的臉，僅以一線左臉和左眼行路。春日黃昏墓園小徑遇上這樣款款而行的半遮面紫書少年，誰都要起寒顫的吧。

我問朋友：「欸你看得見這人吧？」朋友低聲回我：「我正要問同樣的問題呢。」確認兩人都看見，我們就心安了。

我們細看他，那左半臉眉清目秀，不瘋不傻，也無殺氣鬼氣，也不故弄玄虛。幸而他衣著並不奇特古怪，只是牛仔褲淺灰帽T，他若是衣冠筆挺，我們就會以為是哪家的小祖宗顯靈了。

我極想看看那是本甚麼書，也想知道他究竟去哪裡，所以藉故在某座墳前停留。但他就只是一直，一直，一直走下去。他去的方向只是青冢野草荒山，沒有人家。我想跟，又怕，墓園不是跟蹤好地方。到底他的右臉有什麼呢？或者是沒有甚麼？他以這樣的姿態行走，欲往何處去呢？他為什麼月牙似的，僅露出一弦的臉呢？

朋友催我離開，誰知道是著了甚麼魔道呢，他說。我遲疑再三，終不得已而離開。我們走上反向的路，下山，回到燈火通明的世界裡來了。

愛情與蟲虺（端午）

端午節旖旎多情，我覺得這一天也許是漢文化裡最情慾糾葛的節日。投河自殺的詩人、禁忌的愛情、白蛇青蛇、香符、艾草、雄黃酒、午時水、竹葉裹米、艷彩龍舟。這日子充滿蒸騰勃發的情感溫度顏色與香氣，沒有新年那麼天宇開闊（畢竟是一切之始），不像中秋那樣清朗（畢竟是月亮的日子），不似清明哀淒（畢竟是逝者的日子），也無中元鬼氣（畢竟是眾鬼饕餮日）。

端午一開始是憂鬱詩人的忌日。這個文明以何等奢侈的方式懷念一個詩人啊，它想出的方法是年年投米粽入江餵魚。究竟需要多少魚米之鄉衣食無虞的年歲，一個社會才能想出這種儀式，就這麼將食物撲通撲通扔進水裡去，只為了一個憂憤的詩人。或者，當時的人們確實明白，一個文明的精神價值正是在於詩人的憂鬱。

後來它是蟲虺的日子，這就不是精神與文明的昇華，而是情慾和恐懼了，主題幽幽換成愛與毒蟲——人類的男子愛上了妍媚的白蛇，繾綣難分。其實要說這糾纏不清的綺艷是詩節的底層主題，亦不為過。如果其他節日是人與天界或幽冥的流通，那麼端午是人與其他生物的流通了。端午的主角是活的異類，是周遭可怖的共存物，每日在腳下地洞裡鑽來鑽去的蜘蛛蠍子蟾蜍蜈蚣蛇。這一天人們重新與它們劃清界線，以各種方式設下結界防蟲虺近身。其實呢，如果不是有親暱交融的可能，根本就不必多此一舉。

我確實見過大白蛇。那是在早年鄉下常見的奇異動物巡迴表演小團體，有點像從前歐洲的獵奇馬戲團，有病懨懨的小狗雜耍跳火圈，神經兮兮的猴子跳繩，會對話的大鸚鵡，非常矮小卻油嘴滑舌的男子，脖子盤蛇穿著俗艷老是開黃腔的女人。他們每年來一次，在廟會或車站前的空地租個臨時的小鐵皮屋，黃昏後開始露天表演。手法老舊，魔術拙劣，小動物看來十分淒涼。我覺得圍觀的人根本不是看新鮮，而是看笑話。大家都不在乎，草草表演之後就是賣藥賣酒。

鐵皮屋外倚著一塊板子，我湊近前去看，歪歪斜斜寫著百聞不如一見驚世巨蟒吃人白蛇甚麼甚麼的，還畫了簡單幼稚的圖，一條張大嘴吐紅芯的大白蛇，大頭小尾，不像蛇倒像幽靈。這裡裡外外一切都愚蠢潦倒不堪，又鄉氣，又粗鄙，我猜即使裡面有蛇展覽，大概也是蛇店常見的那些，我天天經過天天看見，牠們嘶嘶作響我也不怕，沒什麼稀奇的。

我原打算離去，卻見幾個小孩尖叫奔出，在門口作嘔。當時我也許十二三歲了，有點傻膽，見狀大喜，立刻付錢進去。

奇異的腥臭撲面，鐵皮屋悶、昏、濕，一盞燭光小燈泡是全部的照明。屋子正中央明明白白一座巨大的鐵籠，籠裡碩大無朋蜷著的真是一條美麗無比的生物，牠不純白，而是米白有淡金花紋。絢麗斑斕的紋路一疊又一疊纏著堆著，像我見過最漂亮的刺繡最繁複的波斯毯。我被這意料之外的大生物震懾了，動也不能動，我太渺小，外面的人群太愚蠢，擴音器太尖銳，這屋子太骯髒汙臭，我滿心恐怖、敬畏、同情和驚駭靜靜凝視牠。牠確實能殺人，牠將我整個人盤一圈都有餘。

那白蛇靜止無聲，不見呼吸。我不知道蛇怎麼呼吸，我也不知道冷血的心跳不跳動。我甚至連牠的頭在哪裡都沒看見，儘是盯著眼前這一截肥大的軀體上的鱗片出神。有些鱗片脫落了，有些破皮傷痕，有些則像是癬似的皮膚病。牠怎麼落得這下場呢？牠吃過人嗎？牠曾經掙扎過嗎？牠會癢嗎？牠若要逃，身軀這麼顯眼耀目，山路那麼遙遠，回得去嗎？

有人問這是活的嗎，怎麼不動呢，該不會是假的吧。

那照管的人笑嘻嘻說：「吃飽了正睏啦。」於是拿根竹棍子伸進去戳弄，白蛇便緩緩動起來了。噢那是多麼奇異的浩大工程，每一片鱗都沙拉沙拉動了，這傲慢生物龐大的身體每一吋都緩緩朝著某個定點，一圈一圈挪動，像一具功能不明但華美繁複的精密機械。

屋內四五個人看得目眩神迷。牠動了這一遭後又盹著了，我發現牠的頭正對著我，幸而眼睛似乎看著他處。眾人等了會兒，不見動靜，耐不住臭味，也就魚貫而出。

我還心有不甘，拚命想看清白蛇全貌。外邊的表演正吵鬧，麥克風音量忽大忽小，回音嚶嚶嗡嗡。牠突然懶洋洋抬眼看我，像是確認我還眷戀不走的意圖，也像是說：「你們全都這麼低劣，還看甚麼看。」我確信那一刻我們看見彼此心意，那是有智識有意念的眼神，分明要我走，彷彿讓我見到牠落得這囚籠土牢，實在太慚愧太傷尊嚴了。啊牠若要我吃蘋果我會吃的，牠若要補天一定能補成，牠若要蠱惑誰愛上牠，誰都逃不了。荒野古寺中若偶遇，牠要奪誰的命，也只得由牠了。

出得屋來，深吸一口氣。霍然清醒。唉剛剛那是雷峰塔底吧，我懂得了。

戲班子（農曆七月）

從前看小說《沙河悲歌》，覺得這個現代化時期的鄉村故事帶著莫名卑汙的啜泣，不僅文字聲調哀淒，還瀰漫蕭條港口的淤沙腐氣。當時我還不懂世事，難以想像流動歌舞劇團小喇叭手的顛沛生活——伴人歡樂的職業已經夠悲涼了，更何況還得在村鎮之間流浪，走村宿店，還是結核病患吹喇叭，還是手肢殘障，真是再淒慘再落魄也沒有了。

近年讀《行過洛津》，也提到戲班子。那是清末的鹿港，是燦爛得要爛了的好日子，華燈熒熒的最後一刻。這故事的人物像烏木鑲金螺鈿屏風上的珠貝小人，影影綽綽笑著揖著，衣袖柔媚，人和花和鳥都宛轉發虹彩，扁平嵌在黑漆烏亮的背景上，動彈不得。舞台上虛華的愛僵在現實裡。

關於戲班子的故事總是絢爛和貧困並存，台上功名富貴，下台轉頭空，根本是活活的睜眼噩夢，因此戲班子的情愛故事都攙雜可怖的墮落。又因為戲子的情愛難辨真假，青春美貌是真的，其餘都難說，所以多有欺瞞和猜忌。戲裡戲外的人不知道自己愛上的是哪一個，不知道自己的心給了真的還假的誰，只有錢是清清楚楚。戲裡戲外錢就是錢。

某日附近的小廟忽然通宵達旦地演戲，幸而沒用麥克風，音量不大，但是鑼鼓嗩吶還是夠熱鬧的了。鼓吹通天，大鐃大鈸，這適合在鄉野間將喜訊或喪耗響徹山谷田地，可是在都市裡聽來，實在過於張揚聒噪了。

這似乎是台酬神的戲，戲台子向內搭，後台於是大刺刺向路人開啟，雖垂著布簾，為了通風還是掀起一角來。從這一角看進去，裡面的景象凌亂。一濃妝女子杏眼紅腮坐塑膠小椅，俯身吃碗乾麵。廉價粉色緞料大袖整個兒撩夾在肩上，露出白胖的臂膀。麵的蒸汽籠著她的臉，香汗淋漓粉蒸蒸的，汗從她手肘上滴下來。

我於戲曲陌生，不知他們唱甚麼，見台前幾個阿婆看得入神，我也趁機看一段。這戲實在潦草得令人擔憂也許神祇要降怒了。衣裳和妝儘管都鮮艷濃烈像南國花草，但唱的做的都極隨便，表情和手勢漫不經心，連這一點誠意都懶得做假，純野至此，也算是種真心了。

有個白衣女子在一邊的亭仔腳內空坐著，額上一點硃砂痣，假髮覆白巾，想是扮演觀音大士。她粗胖且面色銅黑，看來更像是印度原版的觀音——她身上俗麗的眼妝和粗硬的人造紗便因此從惡俗中昇華了。我們不斷打量她，她疲憊笑著讓我們看。她大概也知道自己的扮相不夠好，臉上有被動和無防備的神情，彷彿身為一個神祇也只好這麼無奈地受著一切，容忍的笑有隱隱的寂寞，複雜的虛笑賦予她近乎神性的，奇異的慈與悲。從她的角色我猜這也許是農曆七月常見的戲碼「目連救母」，可又四處不見小僧目犍連。

戲班子的人粉妝玉琢這裡那裡散坐著，活色生香，平庸無味的都市時空紛亂了，他們身邊的光線似乎特別明亮，圈起另一個異質的時間。僅僅因為他們在那兒坐著，現實就陡地恍惚不定，戲台不再聚集目光，台上小生激動唱著，台下眾生眾神雜坐，廟前空地忽地成了實驗劇場。

月圓夜（中秋）

中秋午夜盆地望月，山高月遠，氣象清飭，不朦朧亦不溫柔，襯著黝黝山影，更覺那小圓月亮晶晶，小眼睛瞪人，一肚子鬼。

台北中秋時興烤肉，暝色高樓炭煙四起，整晚煙薰火燎，大啖大嚼，放煙火者有，高歌者有，逛街雜沓者眾，東張西望，偏不看月。中秋夜總是拖得太長，拖得意興闌珊，拖得滿城睏意又倦又濃，街道狼狽，僅餘遠處警笛和街邊醉酒嘔吐的人。路燈是唯一清醒的物事，凝練專注盯著眼前一步之地，與世無爭，它發光，彷彿因為它思考。

我聽見有人在我身後說陌生的語言。是一對年輕男女，男孩騎單車，後座載女孩，騎得很慢，晃悠晃悠，幾乎要失衡了。這麼慢，想必是盡量拖延送她回家的時間，多爭取一點相聚的時光。

兩人身形纖瘦，都是好看的瓜子臉，模樣只有十八九歲。

男孩像是在餐廳的廚房工作，他有一張大量流汗勞動卻又不見天日白裡透紅的臉，白衣制服沾滿油汙。女孩的頭髮和衣著都非常入時，著短褲，長長的腳在後座晃蕩，淺綠人字拖，紅蔻丹。從神氣上還是看得出來她也是做勞動工作的，大概是在附近的髮廊吧。這也難怪他要這麼載她，而不是慢慢兒牽車散步了——她應該是站一整天，沒力氣再走了。

他們的語言似乎來自東南亞，有些字將鼻音轉折拖長，聽起來很甜軟，整句話的音節彷彿藤蔓抽鬚繚繞，旖旎起伏。我不知道是因為他們正在熱戀所以話語這麼輕柔，還是這個語言真就這麼繾綣。

但兩人不像撒嬌絮叨，似討論甚麼正事。欲過馬路時紅燈了，雖然四面八方一輛車也沒有，他們就順勢停下來，繼續講。越講越嚴肅，不是吵架也不像抱怨。

女孩忽然就哭了。

男孩原本雙手握車把手，單腳著地，另一腳仍在踏板上。聽見女孩哭了，便一手扶著把手，轉過半個身子，另一手摟過女孩的肩頭，女孩便將臉埋在他的脅側。他埋頭女孩的髮間，長久。

兩人依偎路燈下，女孩又哭著講了甚麼，男孩沒有回答，只是把臉在她頭髮上埋得更深。兩個外地來的孩子，在這個封閉保守的盆地裡辛苦掙他們的未來，夜半街頭哭泣擁抱，這景象絕望得叫人心碎。

然後，男孩抬頭看見月亮，便搖搖女孩要她也看，我想他說的是：「你看，月亮好美耶。」女孩抹抹淚水，還靠著他，只是轉頭上望，就驚喜地說了甚麼。我想她說的是：「真的，月亮好美！」這樣的話。也只有這幾個音節的意思是我能揣測的。

我忽然想起一則夏目漱石的軼話，他認為英文的「我愛你」表意太直接，應該翻成「月亮好美」才符合當時東方社會的含蓄言談。果然如此啊，我微笑想著，沒有比「月亮好美」更情意無限了。

他們發現我在一旁，害羞笑了。綠燈，兩人慢慢、嘎吱嘎吱騎遠。女孩從後座愣愣抬頭看月，還是淚眼婆娑。我也抬頭看月，但她眼中所見的月亮也許比我所見的更朦朧更惆悵。

雖然咫尺，其實千里共嬋娟。

山水注

青青河邊草

趁著天暖我在春雨欲來的河邊行走。我慢慢走遍它的低緩流域如一個寫歷史的人翻閱晚近的史冊。支流在青灰盆地張開如葉脈，我從浩蕩出海的河口躊躇起步，懷疑自己的可能，逆著逝水，往上游走去。

有時我也停下來察看遠方的山勢和這方的河岸，沙洲淤積的形狀和河面的波浪。當然我也擔心雨雲堆積的速度使天空如一幅水氣過於飽滿的宣紙。我疑惑不見任何水鳥，或者這樣的天氣和時候水鳥也就縮成一球在不知哪裡的草叢裡盹著吧。在適於昏睡的陰涼早春，河岸寂靜，春水悠悠。

沿岸某些曾經繁華如今蕭索的街鎮上，百年地標仍在。我從河岸往上看，難以相信那廟曾經臨河，或那街道曾經泊船。這是真的嗎？我們失去一條河的生活僅需百年嗎？需要多少水從山谷中源源挹注才能使水勢往上高漲幾公尺？那水面是何等滔滔，這條河是何等不馴且洶湧呢？而那水的聲響，那河水不捨晝夜的聲響也與此時此刻我耳所聞大不相同吧？

作為一城之命脈，與作為一城之溝渠，河流景況自然今昔不同。而作為一條河，既然繼續流淌，誰也阻擋不了泥沙的淤積——散步堤下一片青草蔓延開來，沿著堤底一線叢生，綠得又嫩又柔軟。啜著春天的河水它們青翠平靜不知愁，經過一個冬天的酸寒如今終於放手歡樂生長，草葉抽長的聲音在汩汩河水中沙沙沙，沙沙沙，甚至舞動了起來。一隻我不認得的雁鴨自草中慢慢走出。他謹慎踩著鬆軟不結實的土壤，看這邊，又看那邊。我疑心他也許也瞥見我了，並決定忽視我（受到漂鳥的忽視我滿心歡喜。）

再走幾步便是碼頭，孤船拴停，似乎已泊在此地很久。這碼頭夏季遊人和雁鷗巇巇聚集，冬日則荒置。低水位的冬船怯怯倚著渡頭的樑子，野渡無人，有一種睡得過久的困倦神情，像是從斑駁恍惚的夢中醒來，青黃不接，怔忡不明所以。

我緩步前行直至河流的叉彎口停了下來。此處野風浩大，使人心裡莫名惶急——也許要降大雨吧，我擔憂——退意一旦萌生就再也走不下去了。堤防總是這樣的界外狀態，它的這一邊是市街和樓房，日常節奏安然循環，走著精細的小刻度；那一邊就是洪荒，拍子是自然的律動，那勁勢強大而勃發，它的每一拍都抵著堤防承受的邊緣，它一換拍，另一邊的日子就瀕臨潰散的危險。走在堤防上是走在天地默許的慈悲邊上。

結果這天雨水在雲裡躑躅未定，遲遲沒有下來，只吹了半天風。

半夜突然落雨，沙沙沙，滲進鬆軟不結實的夢裡。睡著睡著，彷彿在河邊，眾水圍繞，充滿聲響。翻過來是水，翻過去也是水，睡得載浮載沉，雨確實是滲進夢裡去了。於是我在夢裡順著青草，一瞬千里走完這青青流域。

晚風

艱澀困頓的四月顛簸過去，日子就不必再費疑猜了。春花已了，小調小令的季節已過，此後每日都是一帙看似澎湃洶湧實則結構工整的浪漫主義作品。又是這樣跌宕有致的節奏，又是這樣起起伏伏的情感，一日遍歷冷暖。曉天微寒，正午陽光燦爛透明，黃昏大雨恍惚，晚風爽朗，星辰發亮，銀河清淺，地球徐徐滑行。

這樣的日子，最難的時刻不在清晨也不在夜裡，最難的是轉折，是從艷陽天轉為密雲天，繼而大雨滂沱的黃昏。

日光和緩的午後，西向的窗子都敞開，風透涼，光透亮，蜂蝶穿梭。橘貓躺在紫花蔓生的草地上懶懶曬太陽。黑白長毛犬來回奔跑。孩子們牽著母親的手，一會兒問，那是一隻蝴蝶嗎？一會兒又問，那是一隻蜻蜓嗎？女學生匆匆穿梭樹叢小徑（這樹叢處於杜鵑已謝而茉莉未開的尷尬時節），一不小心手上的冰紅茶潑灑了，她們笑著，往碎花裙子上隨意地抹，又趿著涼鞋跑了。長長的馬尾，細細的笑。晚春的，香氣瀰漫的，微汗的午後。

然後颳起一陣風，整座山抖了抖，天色乍黯，一種迷惘惱怒的灰顏色，驟雨就措手不及地來了。

還在辦公室裡開會的人們帶著疲憊又慶幸的表情從桌旁起身，探視天色，逐排打開日光燈，一閃，一閃。他們慘慘地想，這麼無聊的會既然一時無法脫身，就讓全世界都下雨吧。他們的願望這麼簡單，所以就輕易實現了。

於是散步的人們慌忙撐起雨傘，儘讓雙腳踩著水窪亂走，哎多麼徒勞又多麼刺激。狗忽忽雨中狂奔，孩子已經躲到廊下，貓隱匿無蹤。公車也發狂了，倉皇疾駛彷彿它也禁不得這雨，要趕到哪兒去避一避。這急轉直下的雨新鮮又興奮，像一個不知節制的孩子沒有心事，咕咚將世界浸到水裡，急切淋漓沖洗一切，洗完了他就要出去玩了。

所以這段日子沒有黃昏，點燈之後就那麼樣濕漉漉地天黑。回不了家的人無聊講電話，寫信打字，趴在桌上萎頓，拖延工作的速度。拚著命回家的人狼狽跑呀趕呀，甚麼也不管，拖泥帶水的一到家，雨就停了。是呀，日子就是這麼幼稚的玩笑。

雨後的春夜，年輕而清潔，雲陣俐落退遠，天仍微微有光，星星卻毫不猶豫地出現了，那麼乾淨璀璨它們一刻也不能等，映著水漬也映著池塘。星星的光芒又冷又涼，是少女眼中高不可攀的鋒稜。

被陽光和大雨牽掛一整天的人們此時才感到徹底釋放的自由，他們不再著急，鬆了一口氣，放下心裡複雜的擔子。他們自己都疑惑，到底為什麼不甘呢？到底慌張甚麼呢？也不過就是一陣好陽光和一場猛大雨，一個再正常不過的春日，誰也沒錯過甚麼。

還不領悟的那些人，煩著，生了春病。悟了的那些人靜靜歇著，或者從水亮的窗內，或者從濡濕的陽台上遠眺，晚風的爽朗表情。

空地

台北周邊偶爾還可看見空地。無用途、無計畫、無所謂的那種空地。不算荒廢，但也不知其所以然。這種空地原來可能是老房子，為了某些緣故拆了，也許又有甚麼紛爭未解決，就此擱著。或者它從來就荒著，曾經是田，是某個人的財產，但那人無所圖謀，因此就一直瀟灑下去。總之是個看不出打算的地方。

這種空地既非工地，也不是公園。它沒有變成甚麼也不特意為誰留白，完全不整理，彷彿這空間不屬於世間，功能和價值都如浮雲。若是在山窪子，它就灌木叢生；在河邊，它就長滿蘆葦和芒草；若是一般平地，它就野草離離，一歲一枯榮。

有些空地草不長，地面整齊，四面無圍籬，任眾人自由行走，便成了一個小小的散步場。附近人家的小獵犬就在這裡放開拴繩自由奔跑咬飛盤，小孩對著頹牆扔球，叔伯嬸姨也在黃昏來繞圈子行走健身，或是練甩手拍打。這也不是強佔民地，只是權且借用，那塊地就在眾人的行走實作中有了公園的樣子。直到某一天，挖土機來整地，封了起來，平時天天來散步的人們就背著手在一旁指指點點，一開始抱怨卡車擋路又嚷著要提噪音申訴，後來就天天到附近來監工。可是誰也刁鑽不久，日子過去，高樓蓋起來，地價上漲，眾人另覓去處散步，事情就算了。

在更偏僻的市郊還有更大片的野地，陰天時候暮靄沉沉楚天闊，天邊的雲直接壓著電杆，電杆逼著藤蔓，藤蔓纏著牆邊的蘆荻，蘆荻在風中瑟瑟。這種空地也不荒涼也不廢敗，還猛著鬱著，儘管空無一物，卻像有什麼要發出來似的，還有野氣。彷彿可以作為艾略特名詩〈荒原〉的朗讀場景。

這種地方通常前後無店，僅有零星住家門戶深鎖。

我從某市郊的小聚落往城內去的時候，看見有個斯文的學生樣男孩，在朔風野大的荒地上縮著頭茫然行走。他穿白襯衫深藍帽T，咔嘰布褲，膠框眼鏡。他有良善的氣質和溫馴的神色，在陰沉荒莽的天地之間看來猶如一頭迷惘離群的小鹿。他實在錯置了，他更適於在書店、咖啡屋，或夜晚鬧區的街頭獨坐獨行，或者在公園內餵流浪貓。他不知怎的在這地方出現，而且張望四顧的樣子又不像是附近的人。他不是來這一帶拍照的藝術青年，也不是特地來找尋靈感的文學青年。他確實像個要去圖書館查資料的學生。

這男孩走過電杆，跨過矮牆，走進及膝的白花雜草地，溯溪似的朝蘆葦叢走去。膽子忒大也不怕有蛇或甚麼。

然後他面對矮牆和蘆葦叢，便溺了。完事又慌張離去，犯了甚麼錯似的。

如同一頭天真幼鹿的行徑。

男孩離開之後那矮牆上有一點點濕漬，空地感覺更空了。不知道來春那蘆葦和白花叢會否更茂密呢？

香港的斜坡

如果說台北的生活風情在錯綜複雜的巷子裡，北京的庶民生活在胡同，上海是弄堂，那麼，香港生活最特別的景色大概就是那起伏蜿蜒的斜坡與階梯了。

香港過著上上下下的日子，一如它在時代浪濤中的角色。這城是沿著山一寸一寸鑿砌起來的，完全是白金鑲鑽的功夫。一條路起起伏伏四處轉折，高樓林木交互掩映，風景一轉彎就大有殊異，走了幾遍都還記不得，常常錯以為走了很遠，其實不過咫尺。對習於平坦街道的台北盆地人而言，地圖上看來短短的一段路，竟崎嶇得需拾級而上，走得汗如雨下，每日起居與陡坡階梯共存，實在難以想像。這樣陡峭、高低有別的空間景致也像這個城的結構，巨富與赤貧看似比鄰共居，實則有雲泥之別。

在這樣的城裡行路，風景旖旎像粵劇一樣跌宕有致，柳暗花明。每次攔人問路，答案總是，你從這裡下去再從那裡上去，或是，那在山頂你往上走，或，那在山麓你往下走。一個行人不只是記得路的方向和方位，連它的坡度、階梯級數、高度、向陽或背陽、向海或背海也都記得，這是傍山而居才能養成的地理習性。

住久了，就學會各種機巧的途徑，從各大樓間穿梭上下的捷徑也記得了——這種不在手冊中的行路策略，已經是城市行走的即興曲了。這既是投機，也是居民的默識與常規。

香港電影中有多少斜坡和階梯的經典鏡頭是數也數不清。石梯、路燈、高樓的暗影、樓與樓間的窄道、各式各樣的穿堂，仰角和俯角的鏡頭，充分象徵了各種情慾和情緒的可能。它們蘊藏如此深情，電影中一再展演鋪陳，寫下了這個陡城大起大落的生活記憶。

電影中那些上上下下別離的時刻，兩步一回首，大樓燈火通明高企在後，階梯通向下坡路的盡頭，那真是盡頭，像眼淚一樣墮入虛空。或是那些生死交迫的警匪追逐，斜坡上幾秒鐘就換個場景繼續追跑，真走起來才知道，這累得！根本不可能！賊人早就溜了。喜劇裡從山巔上一路滾落的球，動作片一路磕碰往下衝的車，功夫片一路跌撞往下滾的人，這些都來自斜坡的日子，這是每天俯仰於山海的視野。這是四十五度角的生活哲學，永遠有坎坷跌倒的可能，也有向上攀升的機會——這自然難多了。

黃昏入夜在香港的山路上走，正好是陰曆十六，月亮掛在山巔上，亮得看見它心裡的丘壑。它也透過斜斜的相思林子看我們，半邊雲遮月。我們從山腰上看它，腳下更遠處是海港和輝煌燈火。大概是斜坡視差之故，覺得塵世遠，玉兔近。月亮看起來大而肥滿，且近得邪門，不似善類。

涼風有信，秋月無邊。任誰在這樣的時刻都會像張愛玲筆下的俗常女子，仰望四十五度，感動得想說甚麼卻又沒話，伸長頸子，又復垂下頭來，等待一城傾覆好成就傳奇。但我們早知香港不會傾覆，她儘斜斜滑落，風光無限，任得你天邊明月，照向別人圓。

後山草木深

我任教的學校環著一座小山，山下有溪。若不看醜廈拙樓，山水其實幽靜。平日我們不太感覺這山水，眼睛雖看見了，心都在書本上，有了心障，也就沒真的看見。通常那山遠看是綠濛濛的背景，近一點就只是大斜坡；那溪遠遠彎著像條溝，經過它，就是一座匆匆的橋罷了。即使偶爾停下來看曉山疊翠平溪落日，也不以為奇特。

去秋聽說山下橋邊某樹上有蜂窩。我知道時早已經摘除了，不過我仍好奇按著警告的方向去察看。蜂窩自然不見蹤影，連樹的枝椏似乎都一併剪了。我在附近繞了一圈，找不著痕跡。僅有一隻小蜂迷惘飛繞，高高低低，很是悽惶。他怎麼也想不透這道理，只是固執地盤旋。山中多風雨，黃昏一陣秋風秋雨，也就了結這一切了。

今年早春午後，我從山路散步上山，至樟山寺，悄無人語。小坐，再抄小路下山。這山林木茂密，樟樹和相思樹不透日光，前路後路俱寂，行走其間，莫名感覺天黑得又快又早。

山中暮色暗薄，教人心裡發慌，我清楚聽見小路兩旁的花葉落下，啪搭啪搭，偶爾幾聲鷓鴣的低呼，我踩著布滿青苔的石階疾行，萬分懊惱當初走上這一條僻徑。

山徑轉彎處，草叢裡突然窸窣幾聲，我止步，不敢妄動——春天萬物甦醒，誰知道是什麼蛇虺呢。半晌，一隻野雞野鴿模樣的大鳥搖搖擺擺從草叢現身，款款而行。還轉頭看了我一眼。他後面跟著一群，也都搖搖擺擺走過去。

我恍如夢中，讓路禽鳥，復往前趕路。至一處林木較疏，天光尚好，路邊有石桌石凳，兩個爺爺坐石凳上，喝茶。見我行過，說：「趕緊喔，天要暗了。要落雨呢。」另一個說：「廟門關了就好下山啦，現在真晚，彎過這，還有一段哩。」

我微笑致意，說：「不知山內這暗。」

他們反覆說：「天要暗了，要落雨了，廟門關了就好下山了。」彷彿是特意坐在那兒指點迷津的。

我也沒問他們，這沒燈沒火的，他們喝畢茶，又怎麼下山。

回到大路後半途就遇雨了，黃昏雨，冷吱吱。整座山都起了霧，我匆匆過橋，走過那原有蜂窩之處，回頭看山溪，突然覺得這山好近，近得幾乎觸手可及。滿山的樹彷彿突然向前挪了幾尺，原有的方位似乎變了。或者，它們一路竊竊尾隨至此，不料被我猛一回頭發覺了，只好凝在原地，不及調整歸位。

我細看那山形，想是樹木冒芽生枝，抽高了，山看起來膨大，所以感覺近得多。僅僅一個秋冬竟有這樣豐榮的改變，每一株樹都像要伸長手去拂那溪水，拚命地長出來，長出來。

我突然感覺這日常山水凜然不可逼視的力量，日日行走其間，我眼睐不見它，它覷著腳下塵世，其實一瞬也不曾挪。

我一路向北，只看見毀壞

東海岸從來只看見日出，沒有日落。西面山高，太陽早早便下山了，其後天色仍大亮，黃昏的天光總是緩慢一點一點不知不覺黯淡下去的。如今，這片陽光遍照的土地也要在我們的手裡黯淡下去了。

花蓮台東之間的這條海岸公路叫做台11線，台東人習慣稱它「海線」。另外那條沿著花東縱谷開鋪的路線叫做台九線，我們叫它「山線」。我很喜歡「海線」這個詞，因為它確實是沿著山海之間的一線海灘而行，一路都看得見海的線條。東海岸的行車時間一向很難測量，不因為它蜿蜒，而因為它太美，每個轉彎都讓人忍不住停下來。「海線」是條叫人分心的路

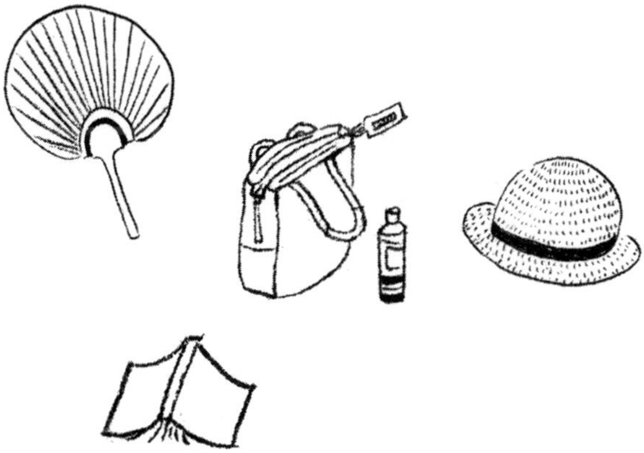

徑，這些多皺蒼鬱的山巒、淡紫濃金蒸騰的霧靄、遼遠而開闊的海洋、彎月型的岬灣、嶙峋深沉的岩岸，這些都讓人一再，一再地耽溺，頻頻四顧，時時停頓。因此沒有誰能準確知道這段旅途需要多少時間。

例如我。我從不知道台東到三仙台的直達時間是多少。地圖上是五十六公里，算來是一小時多的車程。可是在我印象中，這是行行復行行，一整個下午的事。

從台東一路向北往三仙台的海線經過許多部落小鎮。小野柳、加路蘭、杉原（已破壞殆盡了）、金樽魚港、東河，還有個叫做「八嗡嗡」的部落（我好喜歡這個名字），過了成功漁港（這是個豐饒繁忙的小港市鎮），遠遠的，先看見弧形海岬，然後就看見三仙台了。這些美麗的名字串起來，是東海岸的指引星圖。

從前小野柳、加路蘭、杉原、三仙台都是無甚整建的自然海岸景點。在一九九〇年之前，這些海灣除了經過的蜿蜒小公路之外，沒有任何人為破壞和政策圈地，更沒有莫名其妙的歐風民宿和醜陋不堪的飯店。從前這些海岸四處可見前哨濱海植物，林投樹、草海桐、馬鞍藤和文珠蘭，風景空闊疏美。馬鞍藤的花是紫紅的，色澤鮮艷，我曾以為那是沙灘上的牽牛花。十幾年前這一帶的海邊仍可撿拾貝殼和寄居蟹，仍可見花崗岩的坑洞積著海水，粉色的腔腸動物擺動肥短的小手等待下一次漲潮。

小野柳距離台東市區最近，因此最早成為商業規劃的海岸觀光區。那時規劃急躁草率，鋪水泥、圍柵欄、蓋小店面。一大群商店密不透風箍著入口，屏蔽了海岸風景，沒付錢誰也別想看見。這殺雞取卵的方法當然失敗了，後來沒人想去小野柳，商店破敗了，廢了。環境也永久破壞了。

繼之淪陷的是更北一點，台東人常去的杉原海濱。杉原是台東長長的岩岸中一段弧線優美的沙灣。九〇年代杉原曾經過幾次自然方式的整建以作為開放的海水浴場。我印象中它有北海岸常見的木甲板、木扶梯、木製更衣室設施，以最少的破壞做到公共休閒功能。而如今杉原的海濱已經被官商勾結的財團強行圈走、灌水泥、強蓋（醜得不忍卒睹的）飯店並改名為美麗灣。附近的部落居民抗議無效，環保團體抗議無效，連法院判定縣政府敗訴，也無法阻止財團繼續掘沙填水泥蓋飯店。這些人不僅在沙灘灌水泥，他們無視國法的厚顏恐怕也灌了水泥，而腦子恐怕也灌著水泥吧——既然不要沙灘，何苦挑個最美的沙灘來破壞呢？

更北一些的三仙台從前是個飄忽的小小島。漲潮時波濤洶湧，它就是個島。退潮時淺灘露出，島就與陸地相連。附近部落的人都順其自然，若要到島上去，你得在退潮的時候去，且在潮水回來之前回來。不過那島太小，遊人沒有特別原因都不過去。後來，三仙台那道窄窄的海溝蓋了座莫名其妙的八輪水泥拱橋，又蠢笨，又費力難走，原來可供退潮通行的淺灘反被破壞了，強逼著大家非得喘吁吁走橋不可。現在任何時候都可過島上去，但是這拱橋實在難走，既沒有實用價值，蓋得又粗糙，觀光價值不知何在。

這段海岸也一樣無視當地原住民反對，被圈地、圍禁、填水泥，蓋起觀光飯店來了。

我實在不知東海岸的慘況伊於胡底，我一路向北，只看見毀壞。我想要在那些醜惡如人心的水泥上拚命跺腳，將它踐踏成沙，讓沙灘回來。

太平洋的浪

我和朋友到信義誠品書店去聽講座，活動單位請來了台東的歌手巴奈現場演唱。這是書店的公共空間，明亮，寬敞，安靜，秩序井然，不像專門辦小型演唱的酒館那麼昏暗凌亂有蒼涼的氛圍。我還愣想，這空間不太適合，巴奈的聲音嘹亮足以響徹花東縱谷，在這麼規馴的圈牧場所，她那野放的聲音要怎麼奔跑呢。

我們坐在最後一排，一開始還覺得座椅這麼一排一排好整齊，好乖巧，空曠寥落。不久，巴奈來了，頭上繫條大黃巾，肩披紫花巾，和她先生兩人風風火火走來。原本安靜的場子氣氛立刻不一樣了，他們帶來某種浮動的力量和聲音。他們坐下，也不多說，隨即開始試音調音，一邊試一邊和聽眾笑談。那場地那空氣立刻就在她的掌握裡了。她說，哎這空間好規矩好不習慣唷，嘿嘿笑著。瞇瞇眼圓圓臉的笑，滿頭卷髮也笑。

她試了一陣子，那隻麥克風不怎麼對她的音，試過幾次，她豁開了，說，欸算了，那就開始唱吧。吉他一刷，她的聲音霎時充滿整個樓層，清朗開闊像夏日晴空，起伏如風中搖擺的稻田，明亮嘹遠如太平洋無垠的綿延的海岸。她的聲音改變了這拘謹有節的小空間，固態的結構溶解了，無形的秩序崩解了，牆面退遠屋頂消失，一切都化為和煦的聲波，柔軟卻有力，清澈又渾厚，歌聲一波波摟住每個人。發聲清越，蓋動梁塵。整個樓面的人群全湧上來，密匝匝擠滿周邊的走道和空間。

一個孩子在遠處啼哭，這本是惱人的事，巴奈笑說，你們聽，他也有他自己的節奏呢。於是又唱了一首慢歌，那遠處的孩子彷彿聽見了，一拍一拍跟著哭，竟漸漸變成數拍子，然後就靜了。

後來，某支曲子她要大家唱合音。說是合音，其實只是簡單的「呵嗨喲」。試了一次，眾人接得零零落落，又再試一次，三拍，很簡單，要有力。大家還是接不上。

她便說：「想像海的波浪，『呵嗨喲』就是海的三拍，是海的力量推著你。你們看過海嗎？在海裡游過泳嗎？是海浪的感覺。」

於是眾人又唱一次，這次對了。

我沒跟著唱。我淚眼模糊，全身緊繃拚命忍住眼淚，彷彿化為一塊礁石抵著眾人的聲浪。海浪，海的三拍子，呵嗨喲。我深刻知道海是這樣，我太知道海的波浪和拍子，台東的海，太平洋的浪。我全身都記得那感覺那力量和溫度，不可抗拒的推力，又溫柔又強大。哎，海浪。

全場的人高聲齊唱「呵嗨喲」，越唱越高興，像海浪一波一波增強，我無法思考，內心激動澎湃難以抑制，只能拚命忍著莫名浮現的淚。旁人不懂我哭甚麼，歡欣鼓舞的和聲怎會流淚呢。可是，可是，礁岩上的浪花是我的心情。

原來我的哭點在這裡。聽搖滾樂時我會莫名在某些前奏揚起時特別高興，或是聽見某個吉他和絃時感到天堂的召喚，我會為某些歌詞激動，為某個副歌尖叫，但我不曾流淚。

只有這種時候，不假外求的，情感從身體深處封印解開，釋放出來，像海一樣溫柔有力，無法抗拒，推著我，面對我自己。

上山

小城的海濱近，所以我們時常往海邊跑。但有時我們也上山去。

我們真要上山就不是在城邊了，而是遠遠的到溪流的另一邊去。

城邊的小山太近，樹木修得太整齊，紅欄杆黃瓦亭，七層浮屠塔，像個讓人隨意走走散心的公園，沒有明顯的離世之感。在我們一心想要遠走高飛的年紀裡，城邊小山實在不夠高，不夠遠，也不夠荒涼。

那小山有個精巧的名字叫鯉魚山。人人都說它像條鯉魚，也不知從哪個方

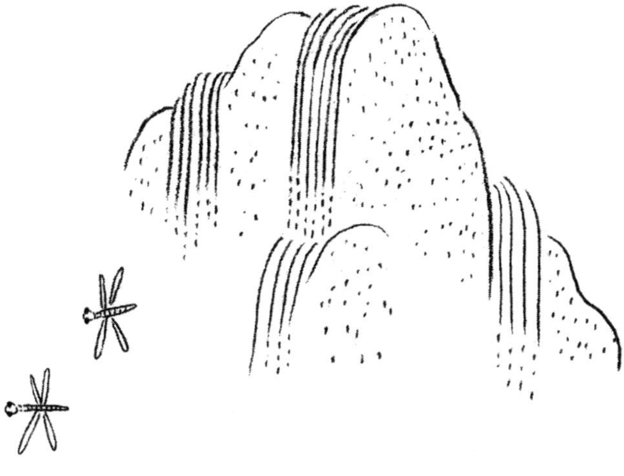

位得此一觀。如今它已完全被小城的街道包圍，不論冬夏都懨懨的，彷彿它被逼到這麼一個動彈不得的境地，便無法好好兒地作一座山了。從前它綠滾滾，連崖壁上都長滿灌木，常有黑黑白白的山羊不知怎的飛檐走壁在那啃葉子，我從山腳下經過，仰望不見立足地，老擔心牠們咩咩滑下來。而從前它的知了那麼多，那麼吵，夏天清晨隨處走走都可以在石椅上抓到幾隻。少時膽大不怕蟲，抓著了就把知了別在帽沿上帶回家。

這山我們因為太近，反而不常去。但這山又是最可怖的，正因為離得近，它的災事我們聽得最多，正如我們總是最常聽見鄰居的醜聞壞事。常有人遙遙指著說，哎有一年啊這山裡……接這話後面的，都是災厄。事情總是發生在我們從沒去過的防空洞裡，或是山背上的哪條壕溝，哪棵怪樹，或者就是公共廁所。又有清朝的鐵砲，日治的鳥居，國府的忠烈祠，又有種種荒廢的軍事觀測站和雷達站，小小一山丘，龍潭虎穴機關處處，也難怪它事多。

遠方的山就沒有這人世的愁慘了，它們巨大、沉默、荒寂，遠遠蒙在藍紫色的霧靄裡，底下平原恢弘遼闊，天風飄飄，溪川巨石磊磊，山稜起伏多變，憂鬱而多皺，彷彿守著某個遠古以來的祕密，守得發愁。

有時我們往北，沿著海濱公路到都蘭山臨海側。都蘭山天天相看，感覺觸手可及，但真騎起來又分外的遠，眼看著彷彿要到了，要到了，卻怎麼也到不了，它像幻影，裊裊悠悠往後退。濱海公路一線海灘，怒濤衝擊，蜿蜒兩旁都是純粹極致的絕美。碧海。藍天。青山。亂石。烈日。騎久了開始感到昇華的暈眩，暈一陣子，不辨東西，人事俱忘，天人合一，都蘭山也就到了。

都蘭山因是聖山，開發極少，僅有少數園圃，小路陡狹，藤蔓纏繞，得牽車步行上山。若季節對了，偶見蘭花幽然。經過潦草的菜圃、果園，有一處較平闊的小坡空地，從這一側俯瞰，腳下是太平洋。東方海上黃昏通常沒有晚霞（若有，就是赤焰滔天的颱風了），晴朗的時候，天還大亮就見滄海月明，又薄又白，冰花似的貼在天際。四下渺無人煙，海風呼號。百年前，原民也就是這麼站著俯視遠方經過的英國船隻吧。

每回上都蘭山我都頭暈。我曾與某友在都蘭山頂為細故莫名吵了一架，下得山來，兩人都怏怏，不明所以，又拉不下臉來和解，就這樣默默賭氣，一路恍惚往北，竟然轉眼到了東河。

東河是花東往來必經的觀光小鎮，以肉包鮮美聞名，人客擾攘，小鎮入口有個極大的超商。某友排隊買包子，我到超商裡吹冷氣，發脾氣胡買各式零食。

付款時店員請我抽獎。我昏沉沉隨手一抽便想走，店員大叫：「頭獎！你抽到頭獎了！」全店歡欣鼓舞，拍手。某友黑著臉拎包子進來，見所有人眉開眼笑，愕然止步。我們當下和解，笑嘻嘻與店員道謝領獎離開。

返回都蘭時已經天黑了，山勢渾寂，海上明月高懸，回想午後諸事，恍如一夢。

河流

台灣多荒溪。那些溪流平日乾涸宛若沙漠，下游出海口河道寬闊，幾里平沙坦蕩，沙上紋路複雜美麗，遠遠看來像一幅現代派的錦繡，黑沙襯底，白沙灰沙一圈圈繞出流線的漸層，有些地方無緣由破碎了，有些地方露出埋伏的石頭，圓凸的一小塊，斜著，一邊高一邊低，高處向著上游，低處向著下游。這些是水紋，又婉約又抽象，又秩序又凌亂。有些不知好歹的蘆葦芒草從河道中央冒出來，像煞有介事的扎根，並且在日光下抖擻發亮，這裡一叢那裡一叢，風裡搖擺生姿，絲毫不知潛藏的危險。

河流的中上游不這麼平坦，河道乾涸無水，巨石歷歷，也不知這些巨石是從何方怎麼滾來，杵著，稜角磨得稍稍滑順，但還不夠圓，太陽下曬得乾又白，隱隱發燙。但心子裡應該還是潮濕陰暗的吧，彷彿是一個青春期適應不良的少年心。

這些河道怎麼看都不像是水的途徑，非但不潤澤軟濘，還比其他地方更荒涼更死寂。然而，只要下了一夜雨，景象丕變。不知從哪兒衝出的鐵灰色洪水夾沙帶石的來了。整條溪生猛活扭，發出低沉撼人的轟隆聲，滾滾翻騰，濁流深沉彷彿密度極高的鐵漿，難以置信的巨石在浪中翻滾，漂流木橫衝直撞，水流不斷上升，驚濤吞噬岸邊的蘆葦芒草。昨日都還空曠寂寥，芳草萋萋蟲鳴唧唧，如今滿是滔滔的波浪大水，凶猛得要淹上堤防來。

有時平地裡陽光好好的，遠處的山卻籠著濃滾密雲，一看就是要發山洪了，雨還沒到平地來，溪水就急奔百里，先暴漲了。日本作家井上靖寫過一個短篇小說〈洪水〉，講的是西域沙漠庫姆河畔突發洪水的離奇故事。

他將洪流猛烈如厲鬼的形態描述得非常生動，滾滾濁流如在眼前。那故事很簡潔，令人感到世事渺渺人世無常。我無法想像沙漠裡的洪水，所以時常將荒溪突然暴漲的可怕景象在心裡放大，以此想像那排山倒海的奇觀。

從前還沒有海堤時，颱風前我們常傻傻地跑到海邊去看浪。彼時我們深信瘋狗浪自有法則，等啊等，數著小浪中浪大浪，在亂數中等候規律。我們以為致命的一擊必有定數可以參透。天風海雨狂浪，海濱亂石激鳴，亂石後我們吶喊吼叫，比大自然更激烈咆哮。波濤蠻野，瞬間吞沒天際海線石堆，以及我們揮舞細小胳臂的喊聲，那麼笨拙徒勞猶如遠古初民驅風驅鬼。

後來有了海堤，我們就轉到溪邊去看山洪入海。說也奇怪，當時絲毫不覺害怕，儘管橋斷人亡的事時有所聞，儘管朋友中有誰的父親或兄長被暴流沖走，我們還是天真地看著咫尺之外的洪水險灘，幾乎是雀躍的期待著甚麼，無感於那噬人的惡水，一如我們對人世的理解，一如努力在乾河道中扎根的蘆葦。

颱風過後，我們也常驅車到偏遠的河口去，遠遠的還沒看見河或海，就聞見難以計數的漂流木散發濃烈的木香。沿著海岸線有許多人蹓躂、張望、指指點點，眾人心裡想的都是大檜木，卻沒有人真的敢動手，大家只敢撿拾小枝。

這些如椽巨木從山上被泥流沖刷百里而下，沙子小石大岩塊不斷滾搓，一夜之間激烈翻滾碰撞衝擊打磨，全都脫了一層皮，沒了枝椏，濡濕光潔，光溜溜疲憊地浮著，或者擱淺岸邊，小枝椏散布四周。

這景象正是暴風雨後的平靜，從它們的模樣我暗暗猜想那過程猛暴，我希望人生的磨鍊沒有這麼激昂。我拾起一小塊木頭，香氣逼人，揣在口袋裡還是猛烈地發香，彷彿是它徹夜疼痛的吶喊。它足足香了一個月。

洪荒三疊

荒濱

如今台灣許多濱海小城外的海岸都已經沒有沙灘了，取而代之的是海堤、消波塊，和填土公園。海浪自遠處滾滾湧來，湧來，意念澎湃，躊躇滿志，一碰上消波塊，便唰地瓦解了。浪花雪潰亂縫四竄，嘶嘶如剛馴服的野馬，一陣惱怒的漩渦飛濺，也就不了了之了。

於是海成為遙遠的背景，充滿氣味與聲響，但不再逼近。岸上是草坪。涼亭。單車。椰子樹下奔跑的黃金獵犬和小孩。還有烤香腸的攤販，潮起潮落永遠都在。

海濱從前不是這樣溫良恭儉讓的，台灣多數的海濱原來極少人煙，如果它沒有成為工廠或港口，如果它不是鹽田或蚵田，無可生產利用，那麼它就是荒灘。

這些城外的荒灘曾是平坦遼闊的沙岸景致，沒有水泥鐵筋和填土，沒有任何文明的意圖和加工。河流堂堂出海，沖來泥沙，間或有貓狗牛羊的屍體、漂流木、不知名的小螺貝、沙坑裡騰跳的透明小魚。它們擱淺荒灘等著漲潮的海水，潮水來之前努力演化，靜靜腐朽。

未經馴服的海岸腥烈充滿敵意。這是颱風時凶猛倒灌的海水，是魚屍累累陳曝的潮汐，是捲走人的瘋狗浪，是沖回船骸的暗流。冬天的海時有浮沫，灰黃灰黃，彷彿連那海也凍壞了，病了，拖著鼻涕昏咳。夏季的海，晴日炎炎炙著沙灘，空廢灼燙，發光又發臭。

雨季沙灘軟爛如泥。雨天的海，濁，茫，混沌低吼。陰天海濱是一條懶散的大灰狗，你再怎麼踢踹，它只是濕鼻子涼湊著你。這適宜散步，打水飄兒，在沙上胡亂寫字，踩腳印子。

舊時小城外緣和海濱之間常有一截荒地，荒地上有木麻黃防風林，那些樹渾身是沙，灰慘慘像剛從墳裡爬出來的鬼。也有乾巴巴的黃槿、蒙塵的土地公廟、歪岐小路、荒草亂藤、猙獰糾纏宛若噩夢的林投樹群。這非地非灘的中間地帶曖昧模糊，滿目悲涼，野狗野貓出沒不定。低窪處常見海水倒灌留下的零星小湖，湖中樹林凋枯畸斜，樹幹上的鹽結晶光芒魅異如鑽，湖水因鹽分濃度過高幻化成妖惑的紫色。我時常想，如果「絕路」這詞有風景，應該就是這般景象了。

年少時我常騎單車沿著小城外的濱海公路晃悠悠到鄰鎮去。那一段長路彎彎曲曲，野樹藤葛之後是礁岩或荒灘，路的兩旁就是天地玄黃的洪荒世界。太平洋的浪藍得發青，嘩啦啦轟然拍岸，海的聲音沉厚彷彿來自遠古千頭萬緒的歎息，聽久了發麻發暈。我年少時從不覺得海藍色是寂靜的顏色，我覺得它是起伏騷動的，出神極境的顏色。

十四五歲那年夏天，颱風災情特別嚴重，海水倒灌直逼小城邊上。強烈颱風又逢漲潮，風浪在幾小時內滾滾淹過荒灘，淹過防風林，淹過氣象測量站和海防駐紮的軍營，小城外圍的街道人家都遭殃了。但海水倒灌通常也退得很快，颱風呼嘯後的第二天，夏陽一曬，不但水退了，連水漬都乾了，僅餘滿城斷樹殘枝，家戶牆上一道明顯的水位線，白的，因為含鹽。

其後十餘天我們便聽見傳言，都說鄰鎮的濱海路上留下個海水倒灌湖，美得不得了，好事的孩子已經給取了名字叫夢幻湖。還說，要看要快，聽說工事單位要填了它。

某日我便騎車去尋那湖。當時仍戒嚴，海防重重，沿海城鎮沒有詳細的路線地圖，所以我僅憑口耳相傳的「南騎一小時之後靠海有個小廢廟旁下坡的岔路左轉進防風林」，就上路了。

七月清澈的陽光下，我沿著海岸騎了許久，這一段路沒有人煙也沒有車。久久，久久，才終於找到座小廢廟，看見防風林，卻沒看見湖。我想我也許搞錯了，不是這廟，不是這坡，也不是這林子，或許我還得往前騎。

但日頭毒辣，我熱壞了，不想再騎下去了。我扔下單車往林子走去。我想，都已經到了這裡，穿過林子看看這裡的海也好。

這是兩個小城之間的寂寥海岸，平沙幾里無人。遙遙可見正午藍艷艷的海，閃閃爍爍，小浪晃亮，退得極遠極遠，沙灘滾滾發熱如熔岩，我忽然聽見後面山裡的蟬鳴震天淒切。

我穿過防風林，繞過林投樹叢，走入漂流木橫陳的滾燙沙灘，一直走到退潮的小浪裡，站在浩浩海風海水中。沙灘淡金色，夏日海浪又細又密，艷浪淹上來，像歎息，緩緩摩挲腳踝小腿膝蓋，又瞬間掏空腳底的沙，浪一寸寸往後退，人一寸寸柔膩地陷下去，陷下去，酥麻冰涼，何其墮落，何其恍惚。

天太乾淨海太澄澈沙灘太空遠，我莫名感到悵惘。

遠處沙灘有人朝我走來，是個兵。他看起來有點猶豫，彷彿不怎麼願意過來，黑靴子一步一陷艱難踏著沙。越靠近，就走得越慢。他戴著軍帽，但是沒有持槍。我想他是附近某個隱蔽碉堡裡站哨的兵，而他的另一個同伴此刻一定正從碉堡的小孔洞望著。

那小城雖小，當時駐紮了一支防衛部隊，又有個空軍基地，所以兵倒是挺多的。他們常常在鬧區的冰果室打撲克牌，或是在撞球間撞球，對著路過的每個女孩子吹口哨，無論美醜。我們從小看慣了，一點也不怕他們。

這兵離我幾步，問：「你是誰？為什麼在這裡？」

我說：「我聽說這裡有倒灌湖，結果沒有。只好看海。」

這是個很木訥的年輕人，跟我講話手足無措，他口齒不清地說：「那湖不在這裡，你還要南騎一陣子。你別在這裡逗留，快走。」

我問他為什麼不可以，而他又是從哪裡冒出來的。

他回望岸上一眼，說：「這裡不乾淨。」

我笑說：「我覺得算乾淨了。」

他指著後面那防風林：「那裡啊，常常有人來尋短，我們都收怕了。前幾天是一個女孩子，就穿你這樣子，黃上衣綠短褲。剛才遠看，我們都以為你是她，嚇了一跳。大正午的，見鬼了。」

我哈哈笑：「你以為我是鬼嗎？」

他正色問：「太陽這麼大，你一個人面對大海站著出神這麼久，在想甚麼？不是要做什麼傻事吧？」

我說：「你說甚麼？很久？我剛剛才來，十分鐘吧。」

他面色一凜，後退兩步，好不容易擠出話來：「你明明站了幾乎一個小時！」他指著林子厲聲說：「你快走！現在就走！走！走！」聲嘶力竭幾乎破嗓，還作勢趕我。

我嚇著了，拎起涼鞋三步做兩步急往岸上跑去，沙灘難使力，我跌了兩次，回頭看他，他就站在原地喘氣盯著我離開。

返回防風林間，一株不知名的歪脖子樹前供著掉漆小香爐，內餘殘冷香枝，一些灰燼散漫，旁有萎爛百合——葉子還有水氣，所以還真是這幾天的事。我瞪著它，不懂剛才怎麼都沒看見。我抬頭看那樹幹的高度，暗想，原來這麼矮也行啊。遠處林投樹叢像靜默不語的冤魂凝視天地，它們猙獰如厲鬼的姿態不是仇恨而是拒絕。如此張牙舞爪不為什麼，只為嚇阻世界，便長了一身刺。盛夏烈日下萬物明亮激烈，毫無保留，這裡卻像凝著一團陰冷的雨雲。

當時我只覺這一切理所當然，人命飄搖，鄉野生活時有聽聞。加油添醋的鬼故事、傳說、謠言、耳語和忌諱，都使我在這一刻能夠冷漠直面死亡。我既不同情也不害怕，無感地看著那低垂的枝椏，何其尋常不起眼，這致命的高度。果然決意要死，人生無處非死所。

生長在荒涼的海濱小城，我自幼知道世界變動無常，性命如螻蟻。海浪有其韻律但凶猛難擋；夏雲潔白奪目，卻頃刻致暴雨；山風獵獵，烈日炎炎，山川草木無一刻恆常不變。我知道公路的卡車會撞死路人，拖行數里面目全非；鐵路的火車會碾死小孩，身首異處內臟飛濺，那些慘烈的場景令我震慄難安，但我從未像此刻一般逼視不在場的死亡。在遠離市鎮的荒林裡，山風海雨中寂然懸吊數日的女子，一個人也不打擾，一句話也不留下，那孤寂令我駭異，我想像不出更堅決的拒絕了。

艷日下原路騎回小城，想起看海片刻的失神，內心莫名悽惶。

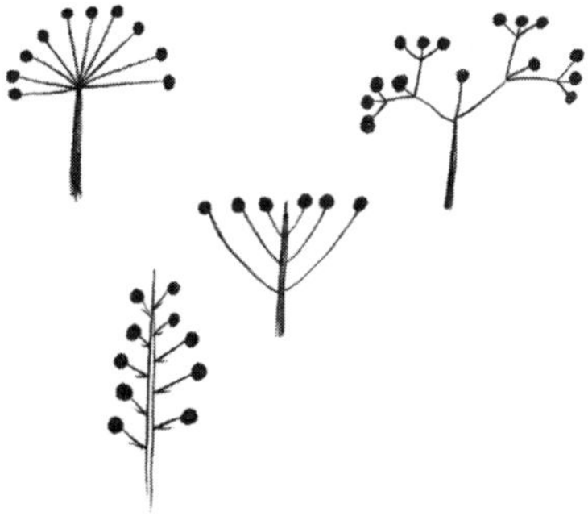

榕樹

台灣小城多榕樹。常見百年老榕身披紅布條，枝幹修密，清蔭數畝，跟前一座小小廟。小廟不起眼，香爐通常挺大的，也許是報彩券明牌或巫卜甚為靈驗吧——不靈也就不會有這些了。看著看著，也覺得那樹彷彿真有靈性，即使它已識得天機受人膜拜，貓狗磨蹭鳥雀棲止亦百般不禁，十分隨和。

我幼時熟悉的那些小城榕樹至今仍在。人長大後理應看所有舊時景物都覺得小，然唯有榕樹愈發蓊鬱參天，彷彿我的一年是它們的十年。鄉下天光明媚風調雨順，由不得它不長，逼得它們開枝散葉，轉眼便成皤然老叟。

小城靠海邊上有幾座王爺廟，廟前有榕樹。從前海濱髒且廢，是化外之地，沒人管。黃昏時閒晃的人不少，那些人看來邋遢、流氣，身上刺青，像不務正業的流氓。他們不看海，也不像我們那樣做作的散步，而是遠遠的在廟前亭子裡抽菸喝酒，賭棋，或是在榕樹下打牌。

他們看來有些飄泊危險，我們經過時他們會吹口哨叫囂調戲，但從不過來擾亂。他們群聚翹腳吃檳榔簽賭，放肆又懶散，目無法紀，也算是某種化外之民。

當時學校和家裡都極力勸誡學生別去海邊，怕我們出事或學壞。可我們老愛往那裡跑，在殘破的現實邊上探頭探腦，撩撥撩撥。也許因為那些人明目張膽的放蕩氣息十分新鮮刺激，也許因為其實我們的內心也一樣的荒殘。我們渴望作惡和破壞，卻又沒那膽子；我們想放浪形骸，我們也想大聲吆喝、打架、吊兒啷噹混日子；我們天真地想要那樣的男朋友，可以亡命天涯，離開這裡，永遠不再回來。

我們那群女孩是在數學補習班認識的，各來自不同的社區，也念不同的學校。其中有個叫柳梅的，從不跟我們去海邊。她會跟我們逛租書店混冰果室，但提起海邊，她便說海邊閒雜人等太多，太亂，不去。幾個較強悍的女孩總是譏她裝乖，膽小沒用，對她常露鄙色，言詞排擠。

柳梅不漂亮，身形和長相都普通，也不瘦，可大人都說她有一張薄命臉，也不知是她真的薄命所以常受欺負，或是因為常受欺負所以看上去怯憐憐的。那些強勢女孩總是在背後嘲罵她，罵的不外是假仙、無聊、畏畏縮縮。這些如今看來不怎麼有效的憎恨理由，在年輕女孩單薄的世界裡已經足以成立了——事實上，我們那麼封閉天真，也羅織不出更沉重更不堪的罪名。

看柳梅不順眼的女孩串聯起來孤立她，漸漸地，我們沒人敢跟柳梅講話了，休息時刻意忽視，課後也避免和她走一道。柳梅沒有憤怒也沒有突破的打算，她默默的像空氣中的塵埃飄在角落。她越是這麼黯淡，那些女孩討厭她似乎就越合理，排擠的邏輯正是如此。

某個冬日午後我逃補習課，在城北海濱的荒涼小路單車繞騎。這一帶靠近河的入海口，秋冬乾旱少水，朔風野大，遍地蘆荻芒草，等身齊高。這景色雖枯寂空美，但河口淺灘常有死雞死鴨或死豬曝棄，滾滾沙石的荒古氣息腐臭不堪。

我看見柳梅騎車從遠處經過，我喚她，她沒理我，倏忽消失在芒草後面。我踩快車速去追，她回頭見是我，便慢了下來，問：「你不去補習在這裡做什麼？」

我說我無聊亂騎。我問她也沒補習要去哪兒，她說也是無聊。我們於是緩緩並騎。

小城人口稀少，但街廓分布甚廣，儘管我日日單車穿梭其間，那城仍有我不熟悉的所在。我想轉進河口附近某處低矮的鐵皮屋貧戶聚落，柳梅阻止我，說那聚落的巷子極狹，僅容二人錯身，騎行其中需低頭免得撞上屋簷，「我們還是繞開吧。」

我笑說：「那更好，看我會不會撞上屋簷。」也不管她，立刻壓低頭，忽地轉進巷子了。

這聚落非常髒破，當中有棵老榕，骨幹崎嶇糾結，密蔭廣被，其下歪斜鄰比的陰濕屋舍像是它的附生物，謙卑而潦草地四處蔓生。衣著髒汙的小孩坐在泥地上玩，野狗在屋邊撒尿，幾個老人倚坐門前竹椅曬太陽吸菸搔背。附近顯然有豬舍，餿水和豬糞的味道濃得噁心。

有個流氓樣的平頭年輕男子在榕樹下的板凳抽菸，醉醺醺的，冷天裡只穿著汗衫，全身刺青，他見我們靠近便叫柳梅，直呼其名。

柳梅從後面超越我加速前行，目不斜視。她的背影繃著，那男子又叫她，我回頭看，但我們越騎越遠，他遠遠咒罵幾聲就罷了。

柳梅領著我左轉右轉，一溜煙便出了那聚落回到寬敞的路上。我們靜默並騎一會兒，她忽然剎車，單車發出尖銳的聲音停下來，她回頭看遠處老榕的樹梢。那樹真是高，隔著如此距離仍可見它的枝葉暗綠，高出屋舍房頂，籠覆如厄運。

我問：「剛剛叫你那人是誰啊？」她沒說話。

我說：「你不是很討厭那樣的人嗎？」

她還看著那樹，冷冷說：「對。不過那是我哥。」

然後她深吸一口氣，正眼看我說：「算了。我一定要回去了。你都看見了。我家就住在那樹下。你會不會覺得我剛剛很可笑？」

我搖頭。她掉轉單車，又說：「別讓其他那些女生知道我家在這，不然她們講話就更難聽了。」

但那終究是個小城，我雖然沒講，其他女孩還是知道了。

有天學校裡議論紛紛，說柳梅班上的班費被偷了，全班都指認是她偷的。班導師搜了半天雖沒找到任何證據，還是把柳梅罰站了一上午。

週末補習班裡跟我們講這事的女孩冷笑說：「我們全班都搜過了，沒找到，所以沒記她警告。不過反正一定是她偷的，那麼窮，爸爸哥哥都是管訓過的流氓，家學淵源呢，見了錢還不眼開嗎！不是她會是誰！」大家都笑，不當回事，彷彿這已經是真相了。另一個說：「難怪她成績不好，原來是海邊榕樹村那裡的。」

坐柳梅旁邊的是個特別乖巧的女孩，父母親都是小學老師，她非常擔憂低聲跟我說：「今天我媽媽特別交代我別跟這種人往來，說我會變壞，怎麼辦，我有點怕。」我問：「你怕什麼？我們坐她旁邊很久了，家庭背景會傳染嗎？」

她說：「我怕壞孩子。萬一她害我怎辦？」我瞇眼瞪她：「她能怎麼害你？你誰啊你？」她說：「欸，我跟你換位置好不好？我一想到她家的人都坐過牢，就忍不住發抖。我想坐她後面，我可以小心盯著她。」

還這麼說著，柳梅就來了。大家使個眼色，各自散開。柳梅穿過課桌椅，在充滿敵意的靜默中坐下，不看任何人。她突然變得異常沉著，濃烈的恨震懾了所有的人，她彷彿從渺渺塵埃霍然成為那株憂鬱複雜堅若磐石的榕樹，我們在她四周鬼鬼祟祟的，像臭蟲。

補習班的老師被許多學生家長為難了一陣子，但始終沒有開口要柳梅退課。幾個家長真的就因此讓他們的孩子退課了，包括坐柳梅旁邊那個膽怯的女孩。她說她每天都好害怕自己會變壞，她覺得坐在柳梅旁邊很髒。

撐了半學期，又發生幾件欺負的事，柳梅終究放棄了，不來了。

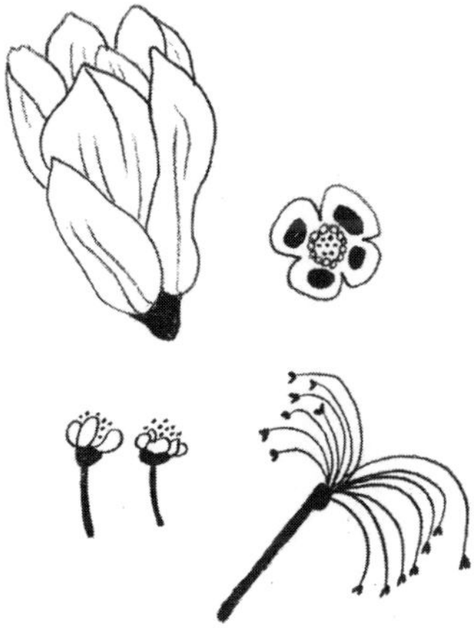

小吃店

如今各小城仍常見某種簡便的小吃店，菜單直接以壓克力筆寫在塑膠板上懸在牆頭，菜色全台都相似，大概就是滷肉飯、滷筍絲白菜蘿蔔豆腐蛋、米粉意麵、甜不辣，總之，是一大鍋熱湯汁煮成的食物。除了這些普遍的菜色之外，還有每個小城特有的日常食物，在某些地方是蝦捲和蚵捲，某些小鎮有沙魚煙，我們那小城的特色是糯米作成的粗短圓麵條，叫做「米台目」。其實就是熱湯米麵，燙豆芽韭菜，澆上肉燥，撒上大把柴魚花和芹菜末。我不太吃米台目，因為碗裡每種東西都滑溜溜的，我筷子使得不好，吃相很狼狽。

小吃店通常不裝潢，只將自家客廳騰空了，四大扇的毛玻璃木拉門往兩旁拉開，連著外面騎樓都成了開放空間。鍋爐擔子設在騎樓邊，裡外隨意放幾張摺疊方桌椅，擺上免洗筷、黑醋瓶紅辣椒白胡椒，便做起了生意。這樣的小店夏天裡總有一桌客人喝冰台啤，冬天裡喝紹興高粱。

有一陣子我常在週末下午的補習課後，和朋友順路到這樣的小店吃一碗甜不辣，混過黃昏再回家。我記得那時學的是三角函數，所以我至今只要嘗到甜不辣專用的粉橘色甜辣醬，就湧起迷惘的三角函數的回憶。

現在回想，事情應該是發生在不寒不熱的秋天或春天吧。

那時同班同學中有個特別聰明好強的，家世和成績都高人一等，她能考試能演講能作文，能唱歌彈琴也能跑百米。她的制服永遠比我們潔白，百褶裙的褶子比我們整齊，鞋襪也彷彿永遠不會髒汙，甚至連當時必須剪齊耳下一公分的髮式在她身上看來都異常的清爽俏麗。她總是露出輕蔑的笑支使大家做事，彷彿老師對她的疼愛已足以使我們都屈從於她。我們也確實不會心生妒恨——這倒不是少女們寬宏大量，而是她那麼秀異，光芒耀眼，她的過去和未來都在遙不可及的高處，遠遠超過我們能夠妒恨的範疇。此處，姑且叫她聽美吧。

聽美從小顛倒眾生。我們一路從幼稚園伴她長大，看她長成亭亭一株富貴牡丹。當我們還貪玩日日在太陽底下游泳打球烏不溜丟像條泥鰍的年紀，聽美已經完全明白自己的眼睛蘊藏魅惑，那裡面隨時閃著星星和月亮。如今僅僅十五歲，媚焰幽幽已勾人魂魄。我們實在不懂，為什麼她明明是輕蔑的笑看起來卻好似深情在睫。為什麼體育課後她的汗清澈微香聞起來像是曬過的床單，光潔白瓷的臉上僅僅浮現蘋果樣的紅暈。為什麼數學和英文對她而言那麼簡單。為什麼她的手腳頸項緊緻像幼鹿。為什麼，為什麼我們與她同輩。

某日補習課後，聽美招了我和柳梅一起去吃甜不辣。這不大尋常，所以柳梅拒絕了。但我出於虛榮，非常想跟聽美交好，偏要硬拉著柳梅同去。

那天不冷，天黑得略早，才五點鐘已經暮色稀微。我們三人到那小吃店時，騎樓的廊燈都開了。當時僅有一桌客人，是幾個抽菸喝酒的年輕男子，他們在裡間的圓桌吃喝，花生殼撒一地，酒意薰然，高聲說笑。

柳梅便說，算了，走吧。

聽美說：「怕什麼。」說完就領頭走了進去。我和柳梅對看一眼，我們倆都沒有膽子違逆聽美。我對她說：「沒關係，我們吃了馬上走。」

那廳實在不大，除了圓桌外，只兩張小小方桌，我們就坐了靠外邊這一張。

這群男子見我們進來，依舊哄鬧，並且不時罵髒話。我們只得裝作沒聽見，道貌岸然地坐著。我側著他們，聽美正面對著，柳梅背著，神情非常冷淡。

我發現那桌人面熟，但不敢多看，只認出其中一個男子是我曾在無人沙灘遇見的海防兵，當時他以為我是鬼，大吼大叫驅趕我。

不知怎的那天我們都點了米台目而不是甜不辣。我吃得七零八落，心煩氣躁。柳梅三兩下就吃完一碗，低頭等著。而聽美的良好家教和自覺正是在這種事上令我們自慚形穢，她連一碗滑溜的米台目都能夠吃得清清爽爽，慢條斯理的。

好不容易等聽美吃完，我們起身時，聽美抬起下巴，問柳梅說：「欸，那桌的那個人為什麼一直看你？」

柳梅說：「我哪知道？沒有吧？」

聽美說：「明明就有，你是不是平常裝一副安靜樣，好像出淤泥而不染似的，可是其實你最賤？你住在那種地方，一定認識他們，對吧？你要不要介紹給我們認識認識？」

柳梅立刻轉頭看我，我對聽美說：「你幹嘛啊？他們愛看誰是他們的事你氣甚麼？」

此時我們已經走到騎樓，付了錢，聽美忽然嘩啦一把撩起柳梅的裙子，大聲說：「那麼愛給人看，你乾脆讓他們看看今天穿甚麼內褲啊！大家快看啊！在這裡喔！」

柳梅嚇得遮住前面，聽美又順勢撩扯她後面的裙子：「看啊！讓大家看啊！你不是很愛嗎！唷，是白色的內褲呀！」柳梅大叫往後躲，聽美跟在她後面笑著扯著，不肯放手。

我震驚得忘了去攔阻她。那老闆娘詫笑著看我們，說：「欸，你們是哪個學校的這麼沒規矩？」

裡間那些醉漢之中的平頭男子走出來，酒氣沖天，怒目冒火。他直勾勾瞪著聽美看，看得她後退幾步，臉色發白抖了起來。

他轉頭看柳梅。柳梅反倒不那麼怕，儘是回瞪他。他忽然甩了柳梅一耳光，罵道：「你不好好返厝內，在這跟這些三八雞做甚麼！你掀裙給誰看！見笑！」

一邊罵，一邊劈頭又打又踢，柳梅大叫：「打啊！我怕你嗎！打吧！」

我忽然想起來，這平頭男子是她哥哥。

我不敢上前去擋。裡邊那個海防兵也出來，硬是將這哥哥拖回圓桌去，一邊拖，一邊回頭，以壓低音量的親密口氣對柳梅說：「走啊！小梅，快回去！去！」

哦，他們當然是認識的。這不像他驅趕我那樣叫我走，這是我不明白的某種男性的情感。我忽然對柳梅湧起複雜的妒羨。我並不喜歡這個男子，但至少柳梅有一個男子而我沒有。我們一樣十五歲，聰美的遠大人生是遙不可及的夢想，但柳梅的生活是另一個世界，另一個更刺激更真實，活生生的世界。

我們沉默地離開小吃店去牽單車。柳梅蹲下開車鎖，低聲對我說：「你們兩個是說好的吧？我沒想到你會這樣對我，你把我家的事情講出去了。」

我說我真的甚麼都不知道，我真的甚麼都沒講出去。但那辯解聽起來虛弱無力如蜉蝣斷翅，連我自己都覺得徒勞。

柳梅跨上單車，逕自轉彎走了。

聽美雖然嚇得發抖，連鎖都打不開，可是仍撐起一貫的驕傲，輕蔑問我：「打她的人是誰呀？他剛剛用台語罵了甚麼呀？哼，還不是不敢碰我？」

我說：「你還不懂！他是打給你看的！那是她哥哥呀！他不能打你，只好打柳梅了。」

聽美揚眉說：「嘖，果然！她有那種哥哥。是被掃蕩管訓過的吧？難怪不敢認。還真巧。」

我問：「你為什麼要這麼做？你又何必作弄她？」

她毫不介意笑著：「好玩嘛，我看她平常很可憐，沒人理。想說呢，若是我多跟她往來，大家就不會看不起她了。我是一片好心。反正她又不是甚麼貞節烈女，難道她生在那種家庭，還期待能有甚麼好下場？她這一生遲早都要完蛋的。」

我冷笑問：「男人不看你，你就這麼受不了，一定要做出這種事嗎？到底是誰賤了？」

聽美臉色大變，半晌，冷冷說：「你自己又是甚麼心態？平常躲得遠遠的，不管什麼都只做旁觀者，你以為人生就沒問題了嗎？你跟柳梅做朋友，是出於同情，還是因為你根本沒朋友？你難道就不是利用她嗎？」

沒想到裝模作樣的聽美也有這種叫我答不出話來的深度，我馬上回她：「林聽美，你最好一帆風順，一輩子都無憂無慮。因為呢，像你這種人一旦跌倒，不會有人想扶你，你啊，會疼得爬不起來。」

她被我激怒了，我看見她握方向桿的雙手指節發白。然而聽美早已習慣峰頂的風景，她不會在這種微不足道的口角交鋒敗退。她扔下一句：「我跟你不同，我這種人從不擔憂跌倒。」便騎車揚長而去。

在那之後柳梅就沒來補習了，而我確實一直都沒有朋友。

當時的中學每學期都依成績作能力分班，分成四等：資優班、好班、普通班、就業輔導班——這又稱作「放牛班」，這種班級不必升學，老師不管人，自由得像放牛吃草。這是殘酷的競爭，聰美自然升到人數稀少精挑細選的資優班去，準備畢業後考台北的高中。我一直不上不下地留在好班。而柳梅則非常勉強地跟在好班的尾巴一學期，就被降到普通班去，後又因曠課太多，降到「放牛班」。

「放牛班」的教室不跟我們同一棟，所以我幾乎沒再見過柳梅。晚自習時，全班燈火通明關在教室裡念書，遠遠校門口其他班級的學生放學回家，暮色中嘻笑打鬧，笑聲張揚放肆。我坐在狹小的課桌椅裡，向漆黑的窗外望去，雖沒看見柳梅，可也漸漸覺得，她大概是其中之一，她確實就是，壞了。而且是我們弄壞了，她人好好的卻因為幾個女孩鉤心鬥角，人生就弄壞了。

那時我還不甚明白，看似極小的惡意和成見，來自心思簡單的孩子，怎麼人生的叉路在十五歲就這麼岔開了。

之後偶爾騎經小吃店，看見柳梅的哥哥和海防兵喝酒，也不見柳梅。

我依舊時常偷空繞騎小城，繞來繞去繞不出去。某春夜騎經陌生小巷，巷底是人家的樹籬，沒路了。黯淡路燈下一對男女擁抱。我尷尬剎車，剎車聲尖銳得蓋過我心裡的尖叫。我匆忙調轉單車離去，有人從背後叫我，是柳梅，那男子正是海防兵。

她跑上來，問我是上台北考高中還是留在小城。我說我成績沒到標準，只好留下來。她說，噢。

我問她接下來什麼打算呢。她笑指海防兵說：「我要去台北，他要退伍了，我跟他一起去台北。」我從沒看過她笑得這麼真切，她的臉發光，燈下綻白梅。我懂大人說她單薄相是甚麼意思了，淡眉細鼻，即使笑也透著不祥，孤伶氣。

「你去台北做什麼呢？」我問。

她說：「只要我能走，做什麼都可以。」

我們說再見。約定要寫信。人生後路何其多，但十幾歲時真是一步也退不得。這是指端滲血四肢折損仍極力摸索前行的年歲，彼此擦撞推擠渾身是傷。看起來刺激快樂其實一點也不。四顧寂闇，前頭彷彿若有光，於是想也不想，徒手飛撲上前，人生是騙局或敗鬥又如何。

真是不能想。大山巨水間微眇的一瞬青春啊，稍有遲疑就成枯骨了。

流雲

日前回老家一趟，鄉下長天老日，夜閒無事，舊書堆中翻出星光出版社的《雪鄉、古都、千羽鶴》合訂本。現在看來，十六歲的女孩子哪裡懂這些故事，竟一本正經地在《雪鄉》的「徒勞」二字第一次出現時，做了記號。

淺淺一道鉛筆線，這些年了仍清晰可辨。

當時的我絕不可能明白，「徒勞」正是這故事的寓意。

當時更不可能明白，窩在山巔海角小城裡，一知半解拚命讀著那本書的少女的我，正是，徒、勞、一、種。

不懂也罷，感動是真。十六歲有十六歲的徒勞，四十四有四十四的徒勞。

常有人問我何不寫童年青春，何不寫家事，何不寫鄉居。我常以為寫了不少，仔細翻檢後想，果然不夠啊，那些長空流雲，蒼風銀浪，溫柔秋陽。

童年我拿它沒辦法，寫不來。起筆都是夢一樣的迷離景色——金花翠鳥，野百合冷冽晨露，銀月牙懸浮碧海，黃昏庭院鴉雀，繁密星光凜冬。可是青春我也一樣寫不來，滿樹鳳凰，早夏綠稻浪，晚秋凋零花香，狂風沙，金蘆葦。種種斑斕都是謊言，明明就不是錦心繡口的日子，明明是，暗暗關掉心燈，襯底的只有黑夜，明明是那樣的暗。

誰知道呢那時候，我不期待錦繡前程，未來緊緊揣在懷裡，手心眉心都半信半疑，誰願意接手我都能給出去的。若遇上鐵蹄，我就任它踏成心口的馬蹄鐵；若遇上風暴，我情願留它在茶杯裡一飲而盡。再沒有誰的眼睛流淌蜜色的甜琥珀。此後只有平淡。

那年歲一切如此艱難，又如此潔淨美麗。甚麼都不寫也真不行。

溫泉地在小城南方的山裡。山深，溪谷也深。彼時小城尚無直達溫泉的馬路，有的只是蜿蜒曲繞石子路，一路顛嗆，塵土飛揚。山前有橋，過橋後一路幽寂，沿著山腰闢了險險的仄徑，一邊是森森的林子，一邊是深深的河谷，巨石危然，泉水日夜喧流。

究竟為什麼十六歲那年初秋午後特別騎那樣迢遙的路程到溫泉地去，我已不記得了。我確實想過要搭一小時一班的公車，但也許那日負了什麼氣，惱恨著什麼，所以騎上單車就去了。我也曾中途後悔，幾度停憩懊惱自己莽撞，進退失據。我今生總是如此。

初秋天高雲淡，我卻禁不得曬，風塵僕僕懷著無明火，五內俱焚。只恨恨想著，到了沒有，到底到了沒有，我到底在做什麼我。終於，終於，我跨過溪橋，進山了。其時僅有三四家溫泉旅館謙卑地聚在入山溪口。此時仍是天熱無人的淡季，寫著「冷氣開放」的旅館茶色玻璃門緊閉；珊瑚寶石禮品店的鐵門拉下了；終站公車亭後菸酒舖的木門板全鎖上；大巴停車場空蕩蕩。菩提樹下冰果室小店敞開大門，靛青布帘飄飄，但連老闆人也不見。蟬噪空山。我往更深的山裡騎行，繞過一彎道，過了山寺。過了相思林杉樹林。過了年年坍方的某段。風景悠忽一變，薰風黝青，空氣濕潤清潔。

山內狹谷有一吊橋，橋邊石階可下溪。過了此處山勢太陡，再無人煙。就這麼巧，我還想著要不就回頭吧，忽地嘩啦滑了一跤，單車落鍊了。這一路上我擔心車胎，擔心跌跤，擔心剎車線，卻怎麼也沒料到這等麻煩事。車鍊脫落若沒有一點技術和耐心是修不好的。

我蹲在路邊與那車鍊纏鬥，兩手黑油髒汙，就是沒辦法把它裝回去，而且那條該死的烏溜鏈子索性整個掉下來，讓我最後一線希望也死絕了。

堪堪日落，我手握黑鍊，莫名想起「薄暮空潭曲，安禪制毒龍」這應景要命的詩句來。但此時膽子再大如我，也知道怕了。山路無燈，即使現在極力跑回公車亭，怕在中途就已黃昏。

那就跑吧，不能再遲疑了。我立刻扔了那車，先下石階到溪邊洗手。

藤蘿掩蔽下溪邊竟異常寬闊，溪中央疾花飛濺，但兩邊乾沙巨石不少。我踩著平滑的岩塊到水流緩窪處洗手。水涼得兩手發痛。

有人吆喝一聲，啪啦落水。

近處上游有平滑巨大的岩石，比其他石塊高出許多，其下水潭澄明。有人跳下潭裡游一圈，嘩啦翻爬上岩。又啪啦跳水，再游一圈，又翻身上岸。是個上身赤裸的少年，他作勢欲再跳，看見我，就止步了。

我拚命急洗手，在岩石上抹了又洗，抹了又洗。那人又跳下水潭去游水。轉眼，他便以俐落得不可思議的姿勢，游過來，單手支撐，三兩步就爬上我身旁高石邊緣，蹲低俯問：「你為什麼一個人在這裡洗手？你手怎麼這麼髒？」我仰頭看他，瘦，不太高，頭髮捲曲毛亂。短褲至膝，濕答答貼著。他看似與我年紀相仿，眉目平常，沒有讓人印象深刻之處，唯一的特點是全身曬得淺棕，膚色光潔鮮亮，額頭雙頰平整無瑕，不像一般我們同齡的孩子滿臉是痘子。

是個不帥的中學生我就不怕了：「不為什麼。」我拍拍雙手上的沙，轉頭欲跳回石階處。

那人阻止我：「別跳，慢慢來。你是該走了，一個人很危險。」我問：「你說危險，那你呢？」

「我整個暑假每天都在這裡，很熟了。」他面露得意。

我匆匆在褲子上抹手，冷臉說：「我馬上就走。」語畢我突然想起，我根本走不了，而且現在也不是逞強的時候。他被我一冷，訕訕地又三兩跳回到那巨岩上蹲著，也不看這裡，也不跳水。

我喚他，他只遙遙問：「喔，又什麼事？」

「你是不是住這附近？我單車壞了，你能幫我嗎？」

他說：「我不住這，不過我可以幫你。我看看你的車。」

他俐落得像獼猴，刷地滑下岩石另一面。窸窣一會兒，套上襯衫制服，拎著拖鞋又跳過來。

我本能向後挪一些，全身警戒。這時我看見他制服上繡的名字，心裡訝異。我知道他是誰，這城裡前後幾屆的中學生無人不知這個名字。他是荒濱小城十年來最有可能考上第一志願的孩子，這個名字是我們成長的陰影，是這片空山野地好不容易掘出的一顆鑽石。而且他當時選擇留在小城讀高中，每個老師都激賞不已，每個父母都恨自己的孩子不是他。我即使對聯考還沒概念，也都聽說了這號人物。這名字我們又崇拜，又恨。

他顯然也知道他自己的名字在同儕裡有什麼力量。他見我瞄了他右胸上繡的名字，便露齒微笑。

我說：「咦，你是那個好學生。你不是應該升高三了嗎？怎麼還有時間在這裡晃蕩？」

他嘿嘿笑着：「你知道我啊？」

我不願給他更多的稱讚，只冷淡說：「你就是每個老師都讚不絕口的那個吧？聽都聽膩了。」

他笑問：「你該不會就是那什麼校花林聰美吧？」

「我當然不是！你故意這麼說，太可惡了！」如果當時我有選擇，絕對拂袖而去了。這是屈辱至極的一刻，他也許常用這方式和其他女孩搭訕，故意將人錯認為成績優異尖刻驕傲的校花林聰美，也許那些女孩甚至為此感到淺薄的虛榮。但對於從小總是在聰美身邊做次等生做墊腳石的我而言，這只是羞辱而已。但此刻，此刻，我只能吞下它。

他又笑：「我沒別的意思。而且，是你先跟我求救的，我不需要特別引起你注意。這荒山野嶺你以為你還能找誰？」

我氣急無言，怏怏說：「我要走了。」便跑上階梯。他沉默跟在後面上來。我們其實都知道，他不能真的扔下我不管，我也不可能真的隻身跑回入山口。

他上來一見我那廢車，詫笑：「這車你也敢騎這麼遠到山裡來？這沒辦法修。修了也不能真讓你這樣騎回去。」又說：「你等著。」他往更遠處的山坳牽出一輛小機車。

「你穿著高中制服騎機車，不怕被警察抓嗎？」我問。他說：「這裡哪有警察？你選吧，我可以不穿光著上身，或者就穿制服我們一起被抓。哪個你比較不介意？」

我不知我是恨他話裡的嘲諷，或者恨我自己落得這別無選擇的境地。我覺得這種似是而非的捉弄出自優越感，志得意滿視他人如無物，任意撥弄。我賭氣說：「你別捉弄人，別以為因為你是你，別人就不會拒絕你。」

「欸，太複雜了我聽不懂。不過，你現在確實不能拒絕我。」他還是不以為意笑著，無所撼動。手搭車把，雙足踏地。我徒勞的反擊對他無損分毫。我討厭那種明亮爽朗的笑，堅定的自信。那正是我最厭恨的，高人一等的姿態。

這種人的眼色清亮鋒利，因為他們頭頂有另一道光芒，那是名為「未來」的光輝從高處普照。只因為聰明，世界便許了他晴空萬里的人生。方圓百里之內所有同儕都不及他，他的競爭在遠方，在我無法想像的大城市，在外國，在更光明的頂端。只要他願意，能走多遠就走多遠，能飛多高就飛多高。這就是高人一等的自由，這才叫做鵬程萬里。我這種被縛牢在地，牽牽絆絆，整天擔憂跌倒的人永遠無法明白展翅高飛的感覺。燕雀不知鴻鵠之志。在他身邊我深刻感知人生有雲泥之別。

我沉溺在自己狹隘卑微的惱怒中往前走，察覺自己也明白自己的卑微，我又更羞怒了：「你別管我！你走吧！」

「你真就是騎那破車來的嗎？」

「不然我是飛來的嗎？」

「很少女孩子這麼能騎的。你本來打算也這樣騎回去嗎？」

我不耐煩說：「不然呢？我現在打算走回去了。」

他帶著一副理所當然的神情噗噗噗騎在旁邊，正色說：「說真的，你快上來，等會沒油我們都慘了。」

初秋黃昏的深山小路，風有多悠長它就多悠長。月亮初升星群未起，清澈閃亮像一枚新鑄的金幣。天宇湛藍薄明，暮靜秋山。他的衫褲都是濕的，我坐他後面謹慎保持距離，仍感覺他身上的濕氣拂面而來。他問我名字，我說了。他問怎麼寫，我解釋了。他不明白，說：「你寫在我背上。」「不行。」「為什麼？」「我手髒。」

到了溫泉旅館，天色仍微亮，但黃昏出發的最後一班公車已經走了。他說：「我乾脆載你回鎮上去好了。你要不要先到旅館去把手上的油洗乾淨？」

我遲疑，不好意思隨意進去，扭捏不前。他說：「我暑假就住這，他們都認識我的。你怕手髒不敢扶著我，等會兒的路很顛，會摔倒的。」

他領我從旅館後方進去，有露天小池，邊上是個木板釘的大露台，旁有階梯可上。如同所有的溫泉地，池畔群樹上懸掛小燈泡串，迷濛發亮。漆黑的山影雄雄逼壓，小小一方亮處聚集兩三桌遊客，漫著啤酒和海鮮的氣味。

他疾步在前，我訕訕地從賓客和端菜的女侍之間迅速穿過。

有人大叫：「哇，交女朋友喔？」

「不是啦。」他大聲回話。我們走進廚房後門，女侍全笑了：「約會喔。」

某個女侍笑喊：「你整下午不見人，都沒有來幫忙，原來是去約會！」

他笑著對喊：「你們別這樣，我們不認識啦。」又轉頭對我說：「她們都是這樣胡說八道。」

廚房裡倒是偃旗息鼓，無火無油。僅有一圓面卷髮的婦女坐在小桌邊看小螢幕電視，吃著一盤小魚花生。他向她招呼「阿姨」，解釋原委，說他今天就回鎮上本家去，過兩天再來。他讓我到洗碗槽洗手，他上去換掉濕衣裳。

那阿姨皺眉上上下下打量我，問我是住哪裡的，哪個學校，叫甚麼名字，家裡做什麼的。我老實回答了。我當然知道她意思。這少年是不得了的寶貝，豈容一個來路不明野女孩壞了他錦繡前程。我說：「我們真的不認識。」她又淡淡上下打量我：「你不好好待家裡這樣亂跑，還要讓他送你。不然，打電話叫你家裡人來接你啊。」

反正這一日我就是自作自受倒楣到底了，此時再多的輕視作賤也無妨了。我將心理防備高高拉起。我說好，謝謝，請借我電話。少年不知何時已回到廚房口，聞此言，默默帶我往前頭大廳去。

前廳無人，堂燈半亮。兩張黑皮長沙發，暗色玻璃茶几，深紅絨地毯，檜木大屏風，三夾板棕色櫃台。這一切使那前廳看起來暗滯沉重，牆上一只黑框白面大圓鐘，滴答滴答聽得分外急。茶色玻璃門外天色看來昏黑。明明還有光的，明明不是這樣的暗。

他說：「欸，走吧！不必打什麼電話了。」我沒答，到櫃台拿起話筒。他伸手按住通話鍵：「走啦，等什麼。」

對望。對望。對望。暗燈下他的眼睛琥珀色，膚色是明亮的蜂蜜。他又笑起來：「你不打算說話了嗎？」又說：「你夠傻的。你若打了，還得再等一小時才能走。現在馬上跟我走，你就不必再煩了。」

是啊。我趁機走了就可以忘掉這些事。我反正不會再回到這旅館，今生不會再見到這些人。現在暫時利用他，回到鎮上就兩不相涉了。他挨罵挨打模擬考第二名都與我無關了。我知道青春小小的惡意和苦惱終將消失，其後將代之以更殘暴的錘鍊與磨難。我知道人生必然是一次一次將肉身砸向岩石，在粗泥地上打滾，斜陽下失魂行走草地上絕望流淚。我知道。正如我今日午後負氣迢迢而來，正如他在密林水潭邊反覆縱身跳躍。身體掙扎的訊息比語言更張狂猛烈，可它在山橋、溪水、岩谷之間，又至弱無比。

但不怕，我們多的是盲目衝撞的勇氣。

這是夜逃嗎？單單只是短暫的逃跑就讓我們這麼快樂自由。空地上的細石子沙拉沙拉踩在腳下多麼乾脆俐落，晚風多麼清涼。柚子色的月亮，輝煌的夜空，萬山溪奔日夜喧。我們偷笑著跑過空地，跳上機車，刷拉掉頭，絕塵而去。

那一路上我們說了甚麼呢？我雙手搭著他，隔著襯衫碰著他腰間的線條，一起一伏，非常陌生的觸感。噢，原來男孩子的身體是這樣的。他頸子上有微微的，曬過陽光的汗味。

我問：「你為什麼一個人在那水潭跳啊跳的？」「因為我心裡煩。跳起來落水的一剎那，我覺得很自由。你呢？一個人騎這麼遠來？」

「因為我心裡也煩。」

他笑問：「那麼你摔倒的一剎那，也感覺自由嗎？」

我說：「笨蛋。」

「這輩子還沒有人這樣說過我呢。」

「笨。蛋。」我大聲在他耳邊喊。

他大笑。

遼遠的夜路寂寥的海線，天河高懸，繁星止步之處，遠方的海暗自漲潮。黑夜在我們眼前分途，上升天際或下墜群山，激越或憂懼，交替成為天星或巨岩。經某處海灣外的斜坡野林，他熄火，車燈倏暗，襯底的四野寂靜嗡地湧來，晚風浩大撲來。忽然遠方有呼嘯悠長，也許是山也許是海，一切退得極遠，又瞬間勃勃逼近眼睫。眼睜睜的騷動的黑。暗林邊細鑲細滾淡銀線，是海面反射的月光。

「漲潮了，你聽。」我說。

「你來過這裡嗎？樹林外面的海很美。」

「嗯，這有鬼。」我說。

「你是說我心裡，還是說這地方？」

我啧他一聲：「那林子裡吊死過一個女孩子，你走過林子她就附在你身上。」我告訴他去年夏天在這海灘上我看海看得失神的事。

「然後呢？」我感覺他回頭，但是夜太黑，只看見輪廓，不見表情。他的話裡有笑意。我靜聽風聲縱野，我想告訴他後來發生許多事，一些巧合，一些失落，一些不幸，糾纏了一整年。但何必呢？夜路的盡頭就是盡頭了，雪泥鴻爪，說了又如何。這片刻的黑甜溫暖太不可信，此時也許寂闇相知，明日又天涯相忘。

我說：「沒有然後了。我只覺得很迷惘。」

「那我們都被鬼附身了。」他笑說。

「你這種人也會迷惘嗎？大好人生的……」

「這人生誰願意接手我都能給出去的。」他說。

我家院子滿樹桂花如夜星，馨香遠遠漫到巷口。桂花葉堅硬帶刺，但花朵柔軟迷濛，碎星地開，星碎地落。我從未如此深切領略初秋夜晚內蘊的恬靜。青春鬱麗似凋花。

我真心向他道謝。

他說：「我不能再來找你。」

「當然，你考完了換我考。沒完沒了的。算了。」

「欸，你到底在恨甚麼？你渾身是刺到底是為什麼？」

「我只是沒有教養而已。」

「這倒是看不出來啊。」

當然。怎能讓這膚淺無情的世界看出我對付它的方式呢。我手無寸鐵迎上去與它對決，我無所珍愛，它便無從掠奪。

「你快走吧。你的人生誰也承擔不起。」我尖銳地說。

機車離去的聲響原來可以這麼千言萬語地遲疑。這日別後，不復相見。其實這樣也好，其實這樣最好。

我繼續虛張聲勢地長大，總是刺傷一些人以保護自己。落得這樣毫髮無傷，還不如當時畸零殘缺的好，還不如當時徒勞擁抱的好。

文學叢書 356

洪荒三疊

作　　者　柯裕棻
繪　　圖　葉懿瑩
總 編 輯　初安民
責任編輯　施淑清
美術編輯　蔡南昇　林麗華
校　　對　施淑清　柯裕棻

發 行 人　張書銘
出　　版　INK印刻文學生活雜誌出版股份有限公司
新北市中和區中正路800號13樓之3
電話：02-22281626
傳真：02-22281598
e-mail：ink.book@msa.hinet.net
網　　址　舒讀網http：//www.sudu.cc

法律顧問　巨鼎博達法律事務所
施竣中律師
總 代 理　成陽出版股份有限公司
電話：03-3589000（代表號）
傳真：03-3556521
郵政劃撥　19000691　成陽出版股份有限公司
印　　刷　海王印刷事業股份有限公司

港澳總經銷　泛華發行代理有限公司
地　　址　香港新界將軍澳工業邨駿昌街7號2樓
電　　話　(852) 2798 2220
傳　　真　(852) 2796 5471
網　　址　www.gccd.com.hk

出版日期　2013年4月30日　初版
2019年6月1日　初版八刷
ISBN　978-986-5823-03-0

定　價　280元

國家圖書館出版品預行編目資料

洪荒三疊／柯裕棻著；
--初版，--新北市：INK印刻文學,
2013.04　面；　公分（文學叢書；356）
ISBN　978-986-5823-03-0（平裝）

855　　　　102006805

寒流（冬至）

每一釐米的空氣都飽含冰涼的水氣，滲進衣服、褲子、襪子、棉被、皮革裡，它綿裡藏針毀壞你的抵禦，讓你從骨子裡打冷顫無所遁逃。

過年（春節）

彼時覺得過年特別神祕，彷彿器物和禁令都突然有隱形魔法決定生命起落。

上香（正月）

上香的人們懷著自己的願望和憂愁，行禮如儀，跪拜、磕頭，偶聞擲筊聲清脆，此外再無人語——和神祇說話是不需外音的。

炸寒單（元宵）

圍觀人群興沖沖踩著一地碎紙跟上，等看下一輪轟炸。這一天，這個年輕人以他的身體成全所有人的祈禱。他暫時成神了。

燈籠（元宵）

我想起小時候很喜愛的一只金魚燈籠。我喜歡它只因為那種薄紅塑膠透著燭光看起來紅艷艷，看久了覺得自己不存在，整個人溶進無邊的夜黑，魂都被攝進那紅燈裡去，化成條紅金魚在人世暗夜的大缸裡游。

火炭催花（春分）

夜色烏沉，白花青森森，怎麼拍都糊，像夢裡幽冽花魂，又像個甚麼緩緩現形的精魅。我想那白杜鵑是心羨人間煙火，動了凡心，所以興味盎然趴在圍牆上，墊著腳看來往路人，姿態妖艷。

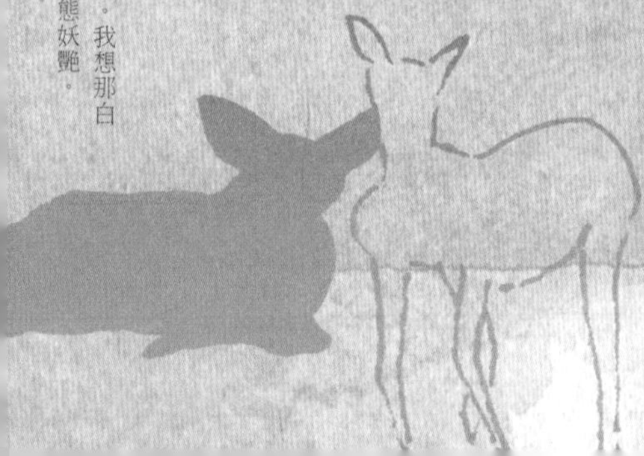

月牙少年（清明）

活著的煩惱和快樂都嘈雜紛亂，也許誰曾經片刻真心相待，擾攘之中飄萍聚散，然後相忘於江湖，各自毀壞，各自埋沒。

愛情與蟲虺（端午）

我覺得這一天也許是漢文化裡最情慾糾葛的節日。人類的男子愛上了妍媚的白蛇，繾綣難分。這日子充滿蒸騰勃發的情感溫度顏色與香氣。

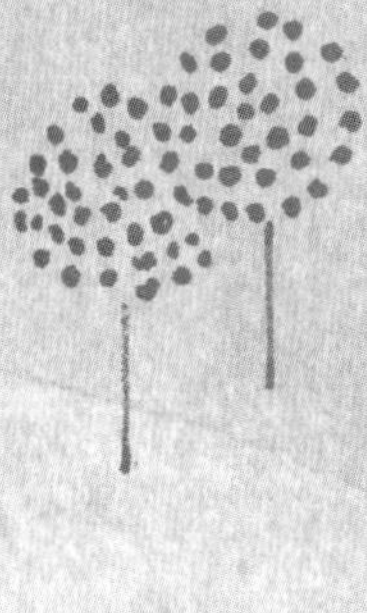

戲班子（農曆七月）

戲班子的人粉妝玉琢這裡那裡散坐著，活色生香，平庸無味的都市時空紛亂了，他們身邊的光線似乎特別明亮，圈起另一個異質的時間。

月圓夜（中秋）

中秋午夜盆地望月，山高月遠，氣象清飭，不朦朧亦不溫柔，襯著黝黝山影，更覺那小圓月亮晶晶，小眼睛瞪人，一肚子鬼。

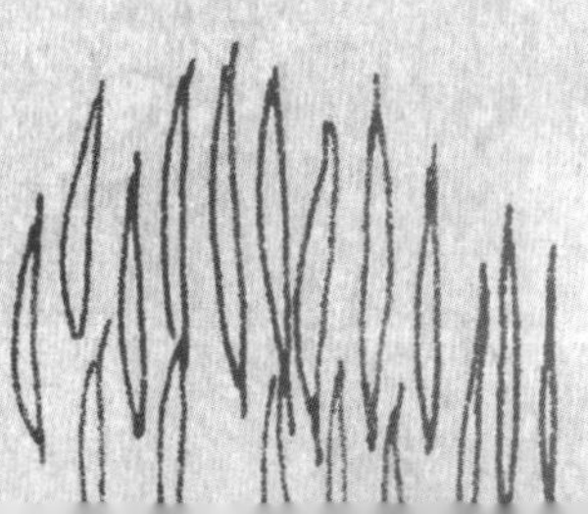